AF458083

LES NORMANDS
EN ITALIE,
OU
SALERNE DÉLIVRÉE.

Par A. de Pastoret. (Martin)

Les trois premiers chants de cet ouvrage ont été composés en 1813 et 1814 pendant les campagnes de Saxe e de France : le quatrième pendant les cent jours de 1815 Depuis lors l'ouvrage presque entier s'était perdu : l hasard l'a fait retrouver, et on le donne tel qu'il a ét composé, d'autres occupations ne laissant à l'auteur l temps ni de changer l'ouvrage, ni même de diriger l'impression dont une autre personne a bien voulu se charger

LES NORMANDS
EN ITALIE,
OU
SALERNE DÉLIVRÉE.

POËME EN QUATRE CHANTS.

> *Rivolgete l'orecchie. . . . .*
> *A queste rime mie, che forse vane. . .*
> . . . .
> CORSINI : il Torrach., c. 1, v. 21.

DE L'IMPRIMERIE DE FIRMIN DIDOT.

CHEZ DELAUNAY LIBRAIRE,
AU PALAIS ROYAL.
1818.

AVERTISSEMENT.

Soixante chevaliers normands revenant de la Terre-Sainte, en l'an 1016 de notre ère, débarquèrent à Saint-Michel du Mont-Gargan, selon Guillaume de la Pouille, à Salerne, suivant Léon d'Ostie, trouvèrent cette dernière ville assiégée par les Sarrasins, et les habitants décidés à se remettre à la discrétion du vainqueur, leur rendirent un courage et une force nouvelle, marchèrent à leur tête, et défirent entièrement l'armée mahométane : voilà le sujet de ce petit poème.

Gaymar III, que j'ai appelé Aymard, régnait à Salerne depuis 996. Il était fils de Jean Lambert, Toscan de naissance, qui s'était, on ne sait comment, emparé du pouvoir suprême. Il faisait hommage de sa souveraineté à Constantin VIII et à Basile II, Empereurs de Constantinople, et vivait dans l'indépendance absolue qu'affectaient tous les petits princes du Midi et de l'Italie.

Rome, le duché de Naples, la Pouille, les deux Principautés étaient alors livrées à toutes les fureurs des partis et des guerres. Les princes Lombards de Bénévent et de Capoue, et les vassaux grecs de l'empire de Byzance se disputaient ces belles contrées dans lesquelles ils appelaient tour-à-tour les guerriers d'Allemagne et les Sarrasins de Sicile. La chronique du Mont-Cassin qui rapporte l'arrivée des premiers Normands, raconte longuement les malheurs de l'Italie à cette époque; c'est au milieu de ces circonstances que l'action est placée.

Il y a un seul mot à dire sur deux endroits de cet ouvrage; deux fois on y a employé la troisième personne du pluriel du présent du subjonctif, et on a dit : *qu'ils aient, qu'ils soient.* Quelques critiques font une faute de l'introduction de ces mots dans le vers; cependant on s'en est servi parce que Racine, Voltaire et Rousseau en ont fait usage.

LES NORMANDS EN ITALIE.

CHANT PREMIER.

Vieux Paladins, honneur de notre France,
Vous qui jadis, au milieu des combats,
Servant l'honneur et chantant l'espérance,
Y méritiez, à force de constance,
Un peu d'amour que vous n'oubliez pas.
Preux chevaliers dont nous aimons la gloire,
Bons troubadours qu'autrefois j'ai chantés,
Nobles guerriers chers à notre mémoire,
Venez à moi : le char de la victoire
Reprend sa course et vole à nos côtés.
Dans cette lutte où le hasard préside,
Où le destin qui nous rend des succès,
Peut rendre aussi le revers plus rapide,

Je me souviens que nous sommes Français:
Je me souviens qu'enfants des autres âges
Nos troubadours, nos chevaliers, nos preux
Vaincus par fois, mais toujours amoureux,
Chantaient l'amour sur de lointains rivages;
Vainqueurs encor, nous chanterons comme eux,
Et si le sort trahit notre courage,
Un peu d'amour effacera l'outrage
Qui fait le sort à des cœurs généreux.

L'aigle romaine aux rives du Bosphore
Avait porté son vol déshonoré;
Rome avilie en gémissait encore,
Et par ses mains l'empire déchiré
De jours meilleurs n'espérait plus l'aurore.
Ces vieux Césars dont les antiques droits
Soutenaient mal la triste ignominie,
Ces empereurs de qui la Germanie,
Non sans combats, avait reçu les lois.
Rivaux d'espoir, rivaux de tyrannie,
A prix de sang achetaient des exploits,

Et de leur lutte accablaient l'Italie;
Tandis qu'armés pour un double fléau
Les Sarrasins à leur dogmes fidèles
Venaient en foule en ce climat si beau
Appesantir leur empire nouveau,
Et propager leurs croyances nouvelles.
Ces champs heureux, ces antiques remparts
Où la victoire avait conduit les arts,
Où tant d'éclat suivit tant de puissance,
Restaient en proie à l'altière ignorance.
La barbarie aux funestes regards
Dormait en paix sur des débris épars:
Des rois sans frein, des peuples sans prudence
Se débattaient dans leur longue impuissance,
Et quand le peuple épuisé de licence
Sacrifiait à l'espoir du repos
Les droits certains de son indépendance,
Il retrouvait pour dernière espérance,
Le despotisme assis sur des tombeaux.
Seule au milieu de ce vaste esclavage

Salerne encor levait un front serein;
Le vieux Aymard, son dernier souverain,
Pour ses enfants conservait l'héritage
Que son ayeul avait mis en sa main;
A Constantin, il en faisait hommage,
Vivait tranquille et régnait sans partage.
De hauts barons, des chevaliers nombreux
Au pied du trône apportaient leur hommage;
Mais à l'honneur ils joignaient d'autres vœux;
Un soin plus doux, un motif plus heureux,
Qu'on dit bien moins, qu'on sent bien davantage,
Qui, dans les cœurs, et sur-tout au jeune âge,
Fait toujours naître un élan généreux,
L'amour enfin animait leur courage.
Du vieux Aymard la fille aimable et sage
Était l'espoir et l'objet de leurs feux.
De cet amour l'honneur était le gage.
Réunissez plus de grace et d'attraits
Que Raphaël, Albane ou Praxitèle,
Les vers d'Ovide ou le pinceau d'Apelle

N'en ont su peindre et n'en peindront jamais,
Et vous n'aurez que les plus faibles traits
Qui composaient un si parfait modèle.
Ah ! quand l'amour lui-même aurait formé
Un être aimable et fait pour être aimé,
De la plus belle et de la plus jolie
Quand il eut pris ce qui nous a charmé,
Il n'eût rien fait si charmant qu'Eugénie.
Ses grands yeux noirs dont la douce langueur
Troublait les sens, faisait battre le cœur,
Sa bouche fraîche et semblable à la rose
Qui, dans nos champs, s'ouvre nouvelle éclose,
Son joli front, le doux son de sa voix,
Son doux regard, noble et tendre à-la-fois,
Auraient suffi pour rendre plus que belle
Une autre femme, et c'était peu pour elle;
Car Eugénie avait reçu des cieux
Un autre don, un don plus précieux:
C'était la grace. Une grace charmante
L'environnait, l'embellissait toujours,

De ses beaux bras, de sa taille élégante,
En souriant dessinait les contours,
Guidait sa marche, animait ses discours,
En noirs anneaux, sans art et sans secours,
Laissait tomber sa longue chevelure,
Et d'une vierge aussi noble que pure
Faisait déja la reine des amours.
Telle elle était cette aimable Eugénie;
En la voyant il fallait l'admirer,
En la suivant il fallait l'adorer,
Et lui vouer son amour et sa vie.
Ces hauts barons, ces puissants chevaliers
Que conduisait aux champs de Lucanie
Le noble espoir de sauver la patrie,
A ses genoux déposaient leurs lauriers,
Et sous ses lois amenaient leurs guerriers.
Mais leurs succès, leur fortune, leur gloire,
Le vain éclat qui plaît à la grandeur,
Rien n'avait pu désarmer sa rigueur,
Un autre objet occupait sa mémoire,

Un autre objet avait touché son cœur.
L'amour est libre, et ne veut point de maître:
Jaloux qu'il est du moindre sentiment,
Dans son choix fait il reste aveuglément,
Et plus despote encor qu'il ne croit l'être,
L'est d'autant plus qu'il craint de le paraître.
Trois ans passés, ces chevaliers pieux
Qui, pour le Christ aux plaines d'Idumée,
Allaient combattre, et d'un joug odieux,
La croix en main, délivrer les saints-lieux,
Devers Salerne avaient rejoint l'armée.
Le noble Aymard leur ouvrit son palais:
Parmi ces chefs qu'illustrait la vaillance,
Il vit paraître un chevalier français,
Riche d'honneur et brillant d'espérance,
Heureux, aimé, comme un fils de la France,
Né d'un sang noble et, par plus d'un succès,
Déja fameux aux jours de son enfance.
A son aspect le vieillard prévenu
Conçut pour lui la douce bienveillance

Qu'à la jeunesse accorde la vertu.
A son aspect la noble damoiselle
D'un feu nouveau sentit battre son cœur;
Sans en parler Roger brûlait pour elle.
Sans le savoir Roger était vainqueur.
Ainsi la fleur qu'un soir à fait éclore,
Se développe aux rayons de l'aurore,
Sans la connaître aspire la chaleur,
Et déroulant son calice inodore,
Puise à-la-fois dans des feux qu'elle ignore
Son doux parfum, sa vie et sa couleur.
Roger partit : la querelle divine
Le rappelait aux champs de Palestine.
Il s'éloigna; mais l'espoir du retour
Jusques au bout affermit sa constance:
Mais Eugénie avait connu l'amour,
Pour aimer libre, elle aimait en silence,
A son ami gardait son espérance,
Et l'aimait seul ainsi qu'au premier jour.

Depuis ce temps elle avait vu l'année

Deux fois ouverte et deux fois terminée,
Sans qu'aucun trouble en altérât la paix,
Lorsqu'au milieu de Salerne étonnée
Un bruit s'élève, il monte, et du palais
Emeut bientôt la foule consternée.
On dit que las d'un utile repos,
Les Sarrasins agitent leurs drapeaux,
Que de Byzance ils bravent le tonnerre,
Et que déja leurs rapides vaisseaux
Jusqu'à Vélie ont apporté la guerre.
Bientôt des cris mille fois répétés
Se font entendre à travers la campagne,
Le peuple fuit à pas précipités
Et vient chercher, à l'abri des cités,
Un humble asyle où l'effroi l'accompagne.

Dans cet effroi, le jour meurt, le temps fuit.
Trois fois l'aurore avait chassé la nuit,
Quand sous les murs un hérault se présente,
Dans le palais un hérault l'introduit;
« Prince, dit-il, d'une voix menaçante,

« Depuis long-temps la fortune nous suit,
« Depuis long-temps le Dieu qui nous conduit,
« Qui, devant nous, a semé l'épouvante,
« De nos exploits a répandu le bruit.
« Ce Dieu puissant qui frappe et qui pardonne,
« Ce Dieu nous parle, il t'appelle, il ordonne
« Que des Césars tu rejettes la loi,
« Que des Croyants tu reçoives la foi,
« Que de lui seul tu tiennes ta couronne,
« Et que ton peuple obéisse après toi.
« Ton Dieu t'oublie et détourne la tête,
« César, en butte aux coups de la tempête,
« Te craint, te livre et ne peut te venger.
« Du seul vrai Dieu reconnais l'interprète,
« Dans son ministre adore le prophète,
« Sous nos drapeaux consens à te ranger,
« Et tu feras d'un vainqueur qui s'apprête
« Un noble ami prêt à te protéger. »

Aymard se lève, et d'une main puissante
Saisit les plis de sa robe flottante

Que dans les airs il montre suspendus:
« Hérault, dit-il, tu m'as connu naguère,
« Tranchons d'un mot ces discours superflus;
« Dans ce manteau sont la paix et la guerre,
« Choisis toi-même, et malheur aux vaincus!
« Guerre et malheur ! répond le téméraire,
« Guerre et malheur ! reprend le souverain,
« Puisse le ciel, propice à ma prière,
« Traiter un jour l'agresseur inhumain
« Comme je traite, au jour de ma colère,
« Ce vil manteau que déchire ma main. »

Et cependant Aymard dont la prudence
Dans le seigneur a mis tout son appui,
Avant d'admettre une vaine espérance,
Veut que le ciel se déclare pour lui.
Vers les confins de la riche Apulie,
S'élève un mont de chênes couronné,
Et dont le pied dans les flots est baigné,
Séjour ancien des Dieux de Lavinie,
Par les Romains autrefois adoré,

A saint Michel aujourd'hui consacré,
Et révéré dans toute l'Italie.
Sur ce rocher dont le front sourcilleux
Joint l'homme aux Dieux et le ciel à la terre,
Le vieux Conrad, cachant à tous les yeux
Son culte simple et sa foi solitaire,
Médite, prie, et vit silencieux.
C'est en ce lieu que l'Italie entière
Offre au vieillard les dons et la prière
Qu'à l'éternel il offre de sa part;
C'est en ce lieu que la fille d'Aymard
Ira du ciel appaiser la colère,
Sauver son peuple, et prier pour son père.
Aymard lui forme un cortége nombreux;
Dix chevaliers fameux par leur courage,
Et cent soldats qui marchent avec eux,
Vont protéger ce saint pélerinage.
Trente coursiers, nés sur une autre plage,
Portent l'encens, les offrandes, l'hommage
Qu'envoie Aymard au ministre des cieux,

Les fruits dorés nés sur les bords du Tage,
Le miel d'Arpi, les vins noirs et fumeux
Que le Vésuve embrase de ses feux,
L'ambre jauni sur les bords du rivage,
L'or travaillé dont les fils précieux,
De saint Michel embelliront l'image,
Et ces produits d'un luxe ingénieux,
Tissus légers, que la beauté ménage,
Que l'amour aime, et qu'un zèle pieux
Sanctifiera par un austère usage.

Le jour qui naît annonce le départ.
La jeune fille, aux murs de sa patrie,
En soupirant jette un dernier regard :
Et toutefois dans son ame attendrie
Un vague espoir qui n'est point du hasard
Fait naître encore un peu de rêverie.
Les yeux en pleurs, le vénérable Aymard
Étend les mains sur sa fille chérie,
Les chevaliers lèvent leur étendard,
La trompe sonne, et le cortége part.

Dans les détours d'une route incertaine,
Loin des périls et du bruit des combats,
Des Apennins ils franchissent la chaîne,
Passent Venose, et traversant la plaine
Où le Cerbale en grondant se promène,
Au Mont-Gargan viennent fixer leurs pas.
  Les yeux baissés, et d'une voix tremblante,
La jeune fille au prêtre du seigneur
Conte sa crainte et sur-tout sa douleur,
Pæstum soumis, Salerne chancelante,
Et l'Apulie à ses pieds suppliante:
Conrad alors : « Je connais vos douleurs :
« Auprès de moi le Dieu qui vous envoie
« Ne m'a point fait un ministre de joie,
« Ma vie est longue et consacrée aux pleurs ;
« Mais quand on souffre il permet qu'on le prie,
« Priez pour vous, priez pour la patrie,
« Et dès demain au pied de cet autel
« Où chaque jour le maître de la terre,
« De nos péchés victime volontaire,

« Obtient pour nous le pardon immortel,
« Venez offrir le sacrifice auguste,
« Venez prier : peut-être le Dieu juste
« Protégera ses enfants malheureux,
« Verra leurs maux, et veillera sur eux. »
Il a parlé : la tremblante Eugénie,
Sur un objet à Salerne étranger,
Voudrait encore et n'ose interroger,
Craint qu'on n'en parle, et craint qu'on ne l'oublie:
Elle s'avance, hésite, balbutie,
L'effroi l'emporte, et le nom de Roger
Vient expirer sur sa bouche jolie.
Chacun s'éloigne, elle suit, et du jour
Va, non sans crainte, attendre le retour.
Le jour paraît : de l'enceinte sacrée
L'airain qui sonne annonce enfin l'entrée.
La noble fille aux marches de l'autel
De ses guerriers vient s'asseoir entourée,
L'air retentit de l'hymne solennel,
L'encens pieux monte vers l'Éternel,

Et dans les cœurs l'espérance est rentrée.
« Dieu tout puissant, répètent à-la-fois
Les vieux guerriers blanchis sous le harnois,
La jeune fille et le ministre austère:
« Dieu tout-puissant, écoute notre voix,
« Entends nos vœux et notre humble prière;
« Le souverain dont nous suivons les lois,
« A notre amour fut donné par ton choix,
« Protège-le, conserve notre père,
« Un peuple entier le demande et l'espère;
« L'amour du peuple est la vertu des rois.
« Ils sont venus les enfants des combats,
« Ils sont venus ivres de leur puissance;
« Leurs chars d'acier apportent le trépas,
« Le sol latin s'ébranle sous leurs pas;
« Mais en eux seuls ils ont pris confiance,
« Mais en toi seul sera notre espérance,
« Ils sont tombés : nous ne tomberons pas.
« Non, dit Conrad, non, le dieu qui m'inspire
« Ne permet point la chûte de l'empire;

« Il ne veut pas que le nom des faux Dieux
« Souille son nom, triomphe dans ces lieux,
« Ni que l'impie adoré sur la terre
« Lève long-temps son front audacieux.
« Ce Dieu de paix est le Dieu de la guerre.
« Les Sarrasins ont armé son tonnerre,
« Malheur, malheur, trois fois malheur sur eux.
« Fille d'Aymard, et vous, troupe guerrière,
« Le Tout-Puissant reçoit votre prière,
« Et les vengeurs sont choisis par les cieux.
« C'est trop tarder : venez, soldats fidèles
« Qui du très-haut défendez les querelles;
« Il vous appelle, il vous donne aujourd'hui
« D'autres combats, des victoires nouvelles
« Dignes de vous, dignes même de lui. »

Au même instant, sous les voûtes du temple,
Trois cents guerriers s'élancent à-la-fois,
Un chevalier, leur chef et leur exemple,
Marche à leur tête, et leur montre la croix.

Quelle surprise, ô ciel, et quelle ivresse

En ce moment agitaient la princesse!
Ce chevalier si fier de la venger,
Dont la voix plaît, dont l'aspect intéresse —
Ce chevalier, c'est le sien, c'est Roger.
Pendant long-temps le respect ou la crainte,
L'aspect des lieux où règne l'arche sainte
Ont arrêté ces doux épanchements,
Besoin du cœur et bonheur des amants.
Enfin du temple on a quitté l'enceinte,
Enfin l'amour peut bannir la contrainte:
L'amour se plaît à leurs regards charmants,
Et sans parler a reçu leurs serments.

C'était le temps où la saison nouvelle
Rend aux bosquets l'éclat et la fraîcheur,
La vie à l'arbre et l'émail à la fleur,
Où la nature est plus riche et plus belle,
Où plus d'amour fait palpiter le cœur.
Près d'un ruisseau qui naît dans la montagne,
Non loin du temple, au pied d'un chêne altier,
La noble fille appelle le guerrier:

A ses côtés marche un seul chevalier,
Près d'Eugénie une seule compagne,
Mais avec eux l'amour les accompagne:
Il est si doux, pourquoi s'en défier?
  Le chevalier à sa dame charmée
Raconte alors sa vie et ses combats;
Il dit quel zèle avait armé son bras,
Quels chefs marchaient aux plaines d'Idumée,
Et quels périls menaçaient leurs soldats.
Il dit sur-tout qu'entouré du trépas,
Un seul amour occupait sa mémoire;
Qu'à cet amour il a dû la victoire,
Et que l'amour a ramené ses pas
Des champs d'Asie en ces heureux climats.
  « Jà, disait-il, aux cités de l'Asie,
« Nous avions tous fait nos derniers adieux,
« Le vent soufflait, nous partîmes : nos yeux
« Interrogeant le pilote et les cieux
« A l'Occident demandaient la patrie.
« Moi seul poussé d'un desir moins pieux,

« Mais par l'amour guidé vers mon amie,
« Je demandais Salerne et l'Italie.
« Le ciel propice entendit tous mes vœux,
« Des vents du nord il arma la furie,
« Il dispersa mes compagnons nombreux,
« Et, réservé pour un sort plus heureux,
« Me fit toucher aux rives d'Apulie.
« Depuis trois jours sortis du sein des flots,
« Et retirés dans l'asile du sage
« Qui s'est fixé sur ce rocher sauvage,
« Alfred et moi nous goûtions le repos,
« Et rappelions les soldats que l'orage
« Avait, la nuit, jetés sur le rivage,
« Quand j'ai de loin aperçu vos drapeaux.
« Conrad bientôt m'a dit quel sort funeste
« Vous conduisait près de nous, près de lui :
« Il m'a permis de vous servir d'appui,
« Je vous cherchais, Conrad a fait le reste,
« Je vous ai vue, et la douleur a fui. »
Roger disait : la princesse attentive,

Le regard fixe, et l'oreille captive,
Suivait ses yeux, son geste, ses discours.
Qui l'aurait vue eût lu sur son visage
Ses longs regrets, ses craintes, ses amours,
De son ami le pénible voyage,
Ses maux, sa gloire, et jusqu'à son courage.
  Tel est l'amour : il anoblit le cœur,
Il embellit l'égoïsme lui-même
En le portant sur l'objet que l'on aime,
En épurant le desir du bonheur;
Vous qui d'amour éprouvez la faveur,
Vous qui d'amour éprouvez la rigueur,
Aimez encor : c'est le bonheur suprême:
Tout en est doux jusques à la douleur.
  Le jeune Alfred, l'air sombre, l'œil farouche,
Près de Roger près d'Eugénie assis,
Considérait ces amants réunis:
Un long murmure expirait dans sa bouche,
Et ses regards, son trouble, sa pâleur
Disaient assez le trouble de son cœur.

Tantôt brûlant d'une fièvre soudaine,
Il se levait, il courait vers Roger;
Sa main tremblait, égarée, incertaine,
Ses yeux brillaient d'un éclat étranger,
Son amitié ressemblait à la haine.
Tantôt ému de plus doux sentiments
Il revenait vers la triste Eugénie,
Cherchait, suivait ses moindres mouvements,
Cachait son trouble aux yeux des deux amants,
Et retombait dans la mélancolie
Que l'amour seul donne à l'ame affaiblie.
Jeune imprudent ! quels maux prépares-tu ?
Ah ! s'il se peut, conserve ta vertu:
Après l'amour c'est le but de la vie.

Dans le loisir d'un entretien si doux
La noble fille eût oublié sans peine
Le duc, la guerre, et les maux qu'elle entraîne,
Mais l'honneur parle et l'honneur est jaloux.
L'airain guerrier retentit dans la plaine.
Allez, Roger, ce n'est point par des vœux,

Par des soupirs, enfants de la faiblesse,
Par des regards où se peint la tendresse,
Qu'un noble amant doit déclarer ses feux.
L'amour du brave est fort et généreux.
Roger se lève : il s'avance, il chancelle,
Et d'un retard cherchant en vain l'espoir,
Sent qu'il doit fuir et ne peut le vouloir.
A ses côtés la noble damoiselle,
Près de céder à la loi du devoir,
S'enivre encor du plaisir de le voir,
Puis à la fin : « ô mon ami, dit-elle,
« Tu vas combattre et t'exposer pour moi,
« Du seul vrai Dieu tu vas venger la loi,
« Assurons-nous son appui salutaire :
« Reçois de moi ce simple reliquaire,
« D'un saint martyr souvenir tutélaire;
« Je n'en fais point le gage de ma foi,
« Mais garde-le; c'est un don de ma mère:
« Le saint martyr entendra ma prière,
« Et veillera sur moi-même et sur toi. »

Sur la relique, à ces mots, elle pose
Un long baiser, peut-être bien pieux,
Sur son ami fixe encore les yeux,
Et lui remet ce joyau précieux
Dont l'amour seul en ce moment dispose:
L'honneur, l'amour ont scellé leurs adieux.
Roger s'éloigne. Autour de la montagne
Ses derniers chefs sont déja réunis:
Portant en main les étendards bénis,
Les chevaliers traversent la campagne,
Alfred les suit, et Roger l'accompagne.
Du haut d'un roc le prêtre du Seigneur
Étend les mains et bénit leur vaillance:
Au pied du chêne, Eugénie en silence
D'un long regard les suit, et l'espérance
Lui reste encor pour rêver le bonheur.

NOTES

DU PREMIER CHANT.

Page 13, vers 7 :

Trois ans passés, ces chevaliers pieux

La première croisade connue est de 1097 ; mais depuis un siècle déja le fanatisme des Européens et l'avidité des Arabes avait changé les pélerinages en croisades obscures. Sans en chercher plus loin les preuves, l'évêque de Cambrai en 1054, et l'archevêque de Mayence en 1064, conduisirent vers l'orient des troupes de pélerins armés, et combattirent avec eux, le premier dans la Bulgarie, le second dans les plaines voisines de Jérusalem.

Page 17, vers 16 :

Vers les confins de la riche Apulie
S'élève un mont............

Le Mont-Gargan, aujourd'hui *Monte Sant'-Angelo*, dans la Capitanate, s'avance dans la Mer Adriatique en forme de promontoire :

Appulus hadriacas exit Garganus in undas,

dit Lucain, c. 5, v. 380.

. . . . Aquilonibus
Querceta Gargani laborant

dit aussi Horace ; cette montagne a toujours été célèbre par les chênes dont elle était couverte.

Page 22, vers 5 :

« Dieu tout-puissant écoute notre voix.

Ces deux strophes sont imitées du pseaume 109.

LES NORMANDS
EN ITALIE.

CHANT SECOND.

O mes amis ! croyons-en le système
Qu'avec Platon je répète aujourd'hui :
Enorgueilli de sa faiblesse extrême
L'homme isolé, sans guide, sans appui,
Croit tout choisir, tout vouloir, et pour lui
Tout est devoir jusques à l'amour même.
Non cet amour qui n'a que des desirs,
Qui méconnaît les plus nobles plaisirs,
Qui satisfait est tout honteux de l'être;
Mais cet amour qu'un seul regard fait naître,
Qu'un mot soutient, qui survit à l'espoir,
Qui s'accommode aux rigueurs du devoir,
Ce noble amour complément de la vie,

Tel qu'on le sent à côté d'Eugénie,
Tel que l'honneur en accroît le pouvoir.
Quand la nature admirable ouvrière
Unit enfin par de secrets efforts,
L'instinct aux sens, le mouvement au corps,
Il faut que l'ame éveille la matière
Et de la vie anime les ressorts.
Mais en deux parts cette ame divisée,
Telle est la loi qui régit l'univers,
Porte à deux corps, à deux sexes divers,
Le feu divin dont elle est embrasée.
Au même instant naît ce penchant si doux
Qui l'un vers l'autre en secret les attire,
Qui les distingue entre tous, avant tous,
Qui l'un sur l'autre établit leur empire.
L'homme aussitôt, esclave obéissant
Du vague instinct qu'il ignore et qu'il sent,
Cherche au hasard la moitié de son ame,
Change d'erreur, se désole ou s'enflamme

Jusques au jour où le ciel bienfaisant
Rapprochant ceux qu'il créa pour s'entendre,
Explique au cœur par le bonheur qu'il sent
Tout le bonheur qu'il n'osait plus comprendre.
Heureux alors, heureux le jeune amant
Lorsqu'il rapporte à sa première amie
Ses premiers feux et son premier serment,
Lorsqu'il est libre, et qu'il sait en aimant
Qu'on l'aimera le reste de sa vie!
Tel fut alors le secret sentiment
Qui de Roger soutenait la constance,
Qui dans son ame apportait l'espérance,
Qui de l'absence appaisait le tourment.
De ses soldats la cohorte guerrière
Suivait la route ouverte au sein des monts :
Lui seul plongé dans des pensers profonds
Sans le vouloir demeurait en arrière.
Dans les détours d'un bois silencieux
Il s'avançait : l'accord mélodieux

D'un luth sonore et d'une voix plaintive
Vient à frapper son oreille attentive.
Roger s'arrête, écoute, et sur ces lieux
Porte d'abord un regard curieux.
Un maure jeune et dans la fleur de l'âge
Était assis à l'abri du feuillage:
A ses côtés son glaive sans honneur
Pendait oisif aux arbres du bocage,
Et sur un luth ami de la douleur
Il soupirait ce gracieux langage
Dont les accents s'échappaient de son cœur:

Songes dorés du matin de la vie,
Trop tôt hélas! vous avez fui mes yeux:
Déja mon cœur à moins de rêverie,
Mon esprit s'ouvre aux pensers douloureux,
Trop tôt hélas! vous avez fui mes yeux
Songes dorés du matin de la vie.

Songes heureux.

Cette beauté que mon cœur a choisie
A d'autres lois va soumettre ses jours:

Dieu tout puissant, malgré sa perfidie,
Au prix des miens embellis-en le cours:
Je l'aime encor, je l'aimerai toujours
Cette beauté que mon cœur a choisie
Pour ses amours.
Adieu vous dis, prestiges du bel âge,
Nobles projets faits pour être accomplis,
Bonheur trop court, aimable et doux servage,
Rêves du cœur, par le cœur embellis,
Mes plus beaux jours de douleur sont remplis.
Adieu vous dis, prestige du bel âge,
Adieu vous dis.
Roger surpris écoutait, et ces chants
Remplis d'amour et de mélancolie,
Ces vers naïfs, ces sons purs et touchants
Portaient le trouble en son ame attendrie.
Il contemplait d'un œil fixe et distrait
Ce jeune amant privé de son amie,
Et rappelant une image chérie,
Laissait errer sa propre rêverie

Entre l'espoir, la crainte et le regret.
Au même instant un cri se fait entendre;
Quittant sa lyre, et saisissant le fer,
Le musulman vole comme l'éclair
Vers le chrétien qui cherche à se défendre:
Pourquoi ce fer? Qui mourra? Le guerrier
D'un bras pressé que la surprise arrête,
Saisit trop tard ses armes. Sur sa tête
Siffle le glaive et retentit l'acier.

Hélas! Roger, que de malheurs encore
Le sort cruel t'apprête en ce moment!
Vous le savez, ce qu'est pour un amant
De voir souffrir la beauté qu'il adore,
Et d'un espoir qui charmait son aurore
De voir changer la douceur en tourment.
Amour sacré! penchant des nobles ames,
Unique espoir qui manque à la vertu,
C'est toi qui mets dans le cœur abattu
Ce long souci, ces douloureuses flammes
Qui, d'un chagrin que sent l'objet aimé,

Font un malheur pour le cœur enflammé;
Mais c'est par toi qu'on acquiert la puissance
De soulager, d'affermir l'innocence,
De dérober à l'objet de nos vœux
Ce que son cœur enferme de souffrance;
Enfants encor, nous te devons nos feux,
Jeunes l'honneur, et vieillards l'espérance,
Amour, amour, c'est toi qui rends heureux.

Près de Conrad, plaçant sa confiance
Dans l'Éternel, dans l'amour, dans Roger,
La noble fille oubliait le danger,
Et le danger enfant de l'ignorance
Croissait dans l'ombre et venait l'assiéger.
Dix jours passés un espion fidèle
Avait couru, trompant les yeux d'Aymard,
De sa faiblesse apporter la nouvelle,
Et d'Eugénie annoncer le départ.
De musulmans une troupe choisie
Partit bientôt, s'avança vers la tour,
L'environna sur le déclin du jour,

Surprit dans l'ombre une garde endormie,
Et des chrétiens redoutant le retour,
Mena captifs vers un autre séjour
Le vieux Conrad et la triste Eugénie.
Fiers et joyeux, le cimeterre en main,
Louant leur Dieu, s'enivrant de leur gloire,
Dans le désordre où se plaît la victoire,
Ils arrivaient : voilà sur le chemin
Qu'au-devant d'eux une foule inquiète
Vient en tumulte, interroge, et répète
Avec effroi le nom chéri d'Osmin.

Fils du soudan à qui Rhège est soumise,
Le jeune Osmin conduisait les soldats
Qui vers Salerne avaient porté leurs pas
Et présidait à leur vaste entreprise.
Mélange heureux d'honneur et de vertus,
Grand dans la paix et grand dans la victoire,
Il rachetait même aux yeux des vaincus
Ses longs combats, leurs malheurs et sa gloire.
Une autre cause, un secret sentiment

A sa bonté prêtaient de nouveaux charmes:
Du noble amour il savait le tourment,
Et, malheureux de ses propres alarmes,
Chez les vaincus il ménageait des larmes,
Que sur lui-même il versait trop souvent.
Pendant cinq jours Osmin calme et tranquille,
De ses guerriers attendant le succès,
Pensait à peine au plus ou moins d'accès
Qui leur rendait le succès difficile;
Mais d'un retour si long-temps attendu
Quand il eut vu les retards; de la ville
Quand un bruit vague au hasard répandu,
Quand des Français le nom mal entendu
Eut dans son cœur, que troublait la prudence,
Porté la crainte au lieu de l'espérance;
Du sort jaloux, Osmin dans ses regrets
Avoit alors redouté quelqu'entrave,
Était parti suivi d'un seul esclave,
Et loin du camp avait dans les forêts
Été des siens observer les progrès.

Ils revenaient ces guerriers pleins de joie,
Pleins d'espérance, et fiers de mettre enfin
Aux pieds d'Osmin leur douce et noble proie
Et tout le camp leur redemande Osmin:
Ce noble chef, leur amour et leur gloire,
Que devient-il ? Pourquoi l'ont-ils quitté ?
Comment sans lui parle-t-on de victoire ?
En ce moment de son camp écarté,
Osmin plus grand qu'on n'eût osé le croire,
Servait l'honneur par l'honneur excité.

Dans un bocage où de légers platanes,
De frais tilleuls, et des pins toujours verts,
Croissaient ensemble et montaient dans les airs,
Près d'un ruisseau dont les eaux diaphanes
Roulaient sans bruit sur des gazons couverts,
S'ouvre un chemin qui, seul et nécessaire,
Pouvait d'Osmin ramener les soldats
Si le destin leur devenait contraire;
C'est en ce lieu que triste, solitaire,
Rêvant leur gloire, et craignant leur trépas,

Osmin s'assit; un esclave fidèle,
Un Abyssin nourri dans les combats,
Sombre en son air, et farouche en son zèle,
Le glaive en main, accompagnait ses pas.
Osmin plongé dans un triste silence
Laissa long-temps au gré de ses desirs
Errer en paix de légers souvenirs
Qui dans son cœur remplaçaient l'espérance.
De temps en temps et comme avec regret
Son long regard retombait sur lui-même,
D'un sombre feu son regard s'éclairait,
Des pleurs naissaient, et ces mots : rien ne m'aime,
D'un cœur flétri dévoilaient le secret.
« J'aimais pourtant, dit-il, et dans mon ame
« De nobles feux étaient nés de l'amour !
« J'aimais aussi la gloire : en un seul jour
« J'ai tout perdu : mon cœur n'a plus de flamme
« Et n'attend plus ni bonheur ni retour.
« Chants qu'autrefois j'ai composés pour elle,
« Venez au moins occuper ma douleur,

« Et j'oublierai qu'elle m'est infidèle
« En me disant qu'on a fait son bonheur. »
  Il prit son luth, et d'une voix touchante,
Il répéta les accents qu'autrefois
Il composa privé de son amante.
L'air était pur : le soleil sur les bois
Laissait tomber sa lumière tremblante,
Tout était calme, et l'onde caressante
Semblait unir son murmure à sa voix.
  Un chevalier passait là d'aventure,
Seul, sans escorte, et le long du chemin,
De son coursier tenant la bride en main:
Il entendit la touchante peinture
De la douleur et de l'amour d'Osmin,
Il s'arrêta : le cœur le moins humain
Sait compâtir aux douleurs qu'il endure.
L'air retentit des pas de son coursier,
Et de la croix qui parait sa tunique
Les feux du jour firent briller l'acier:
De Mahomet sectateur fanatique

L'esclave alors aperçoit le guerrier,
Arme son bras d'un poignard meurtrier,
Vole, et d'un coup qu'avec force il élève,
Porte au chrétien la mort : un autre glaive
Croise le sien et se plonge en son sein.
L'herbe rougit du sang de l'assassin,
Il tombe, il meurt en menaçant encore.
Le chevalier surpris de son danger
Cherche au hasard qui l'a pu protéger,
Qui suscita l'ennemi qu'il ignore,
Quel est ce maure armé pour le venger.
Fils de l'honneur, vous le savez, ce maure
C'était Osmin, et ce chrétien Roger.

Osmin alors déposant son épée :
« Seigneur, dit-il, égaré dans sa foi,
« Ce noir a cru qu'il combattait pour moi,
« Et que sa main dans votre sang trempée
« Servirait Dieu, le prophète et la loi ;
« J'ai dû ce prix à sa fureur trompée.
« Mais déposez le doute injurieux

« Que vous sentiez, que j'ai lu dans vos yeux.
« Nous différons de mœurs et de croyance
« Je le vois trop : sans doute en d'autres lieux
« Et vous et moi nous avons pris naissance;
« Mais nos devoirs sont écrits dans les cieux,
« Mais de l'honneur nous sentons la puissance,
« Et le servir c'est honorer nos Dieux.
« Ce que j'ai fait vous eussiez pu le faire,
« Vous l'eussiez fait. Adieu : séparons-nous,
« Allons chacun dans un parti contraire,
« Venger nos Dieux qui nous vengeront tous.
« Mais si le sort de ce moment jaloux
« Vous donne Osmin jamais pour adversaire,
« Comptez sur moi, je compterai sur vous. »
Il s'éloignait : ô surprise nouvelle!
Sans lui parler, sans répondre à sa voix,
Le chevalier prend son cor, et deux fois
D'un son connu fait retentir les bois.
En un moment la cohorte fidèle
Revient, accourt, et du chef qui l'appelle

Vient chercher l'ordre, et recevoir les lois.
D'un mur d'acier leur troupe l'environne :
A leur armure, à leurs larges pavois
Osmin connaît les soldats de la croix ;
Trop généreux pour oublier les droits
Que prend l'honneur et que la vertu donne,
Il ne craint pas et pourtant il s'étonne.
Roger s'avance et d'un ton solennel :
« Chrétiens, dit-il, un esclave, un impie
« Avait sur moi levé le coup mortel :
« Ce chevalier m'a conservé la vie,
« Le souvenir en doit être éternel.
« Si vous m'aimez, si vous savez encore
« Combien m'est chère une antique amitié,
« Sur ce héros portez-en la moitié,
« Honorez-le comme Roger l'honore.
« Quels que périls que soient ceux où je cours,
« Quels que destins dont je suive le cours,
« Dans les combats, au milieu des alarmes,
« Souvenez-vous de respecter ses jours,

« Souvenez-vous qu'il est mon frère d'armes.
« Oui, je veux l'être, oui, permettez, seigneur,
« Que dès ce jour j'aspire à ce bonheur.
« Emule et chef des guerriers de Neustrie,
« J'ai peu de nom, mais j'ai quelque valeur;
« Je suis chrétien, mais je vous dois la vie,
« Et l'amitié doit naître de l'honneur. »

Il dit : Alfred dans un pieux silence
Apporte une urne, y plonge un fer de lance,
Et d'un vin pur qu'il épanche à grands flots
Mêle le pourpre au sang des deux héros.
Le noble Osmin et l'amant d'Eugénie,
L'un après l'autre approchent : à genoux
L'un après l'autre, et sous les yeux de tous,
Plongent leur fer dans la coupe bénie.
Le noble Osmin prend le fer de Roger,
Roger saisit le fer de l'étranger,
Et des chrétiens appelant les prières,
Alfred répète : « Écoutez, ils sont frères,
« Ils doivent l'être, ils le seront toujours:

« Rivaux de gloire et confidents d'amours
« Ils s'aimeront, et, quoi qui les convie,
« Iront ensemble au chemin de la vie. »
Les deux héros s'inclinent réunis,
Et bénissant le nœud qui les rassemble,
Sans se parler ils adressent ensemble
Les mêmes vœux à des Dieux ennemis.
Roger demande, et peut-être il espère
Que le Seigneur éclaire enfin celui
Qui lui prêta son généreux appui,
Des vérités de la sainte lumière:
Le Musulman fait la même prière,
Et quelquefois ce tendre nom de frère
D'un peu d'espoir vient animer son cœur:
Ainsi la foi s'associe à l'erreur,
Et l'habitant de la voûte azurée,
L'ange divin, heureux médiateur
Entre le ciel et la terre éplorée,
Du jeune Osmin contemplant la ferveur,
Recueille aussi sa prière égarée,

Et la dépose aux genoux du Seigneur:
Telles on vit dans les fêtes nouvelles
Où tous les arts venaient se rassembler
Pour honorer des gloires immortelles
L'onde et la flamme à leurs lois infidèles,
Se rapprocher, s'unir, s'entremêler,
Voler ensemble., ensemble s'écouler,
Jaillir en gerbe, ou tomber en cascades,
Rouler en pont, monter en colonnades,
Et tour-à-tour prodiguer sous nos yeux
Tous les effets d'un luxe ingénieux.

Mais le soleil s'éloignant des campagnes,
Ne dore plus que le front des montagnes:
Il faut partir, on part. Ces deux amis
Que les bienfaits, que l'honneur rendait frères,
Vont, soutenant des intérêts contraires,
Venger des maux qu'ils n'auront point commis,
Mettre au hasard des combats et des guerres,
Les plus doux nœuds que le ciel eût permis;
A leurs devoirs en esclaves soumis,

Ils vont combattre : ils s'embrassaient naguères.
Vers l'Orient d'un pas précipité
Les chevaliers se dirigent : le maure
Cherche loin d'eux un sentier écarté
Qui vers les siens le mène en liberté,
Marche, se perd, revient et marche encore.
A ses regards la quatrième aurore
Découvre enfin les murs d'une cité :
Il voit Salerne, entend l'airain sonore
Qui des croyants instruit la piété,
Il voit le camp, il s'empresse, il arrive,
Un cri s'élève, et ces mêmes soldats
Dont tout-à-l'heure il craignait le trépas
Avec transport amènent sur ses pas
Le vieux Conrad, la princesse captive,
Et quelques chefs surpris dans les combats.
De ses guerriers Osmin contient la joie,
Il veut, il sait ménager le malheur,
Parle aux captifs avec quelque douceur,
Brise leurs fers, et, calmes, les renvoie

Dans un château conquis par sa valeur
Non loin des champs ou l'Arne se déploie;
Lieu solitaire, asile où la douleur
Comme l'amour peut avoir sa pudeur,
Où la beauté qui dans les pleurs se noie
D'affreux soldats ne sera point la proie.
  Roger marchait cependant, et déja
Il aperçoit Salerne environnée
Des monts fleuris dont elle est couronnée,
Lieux consacrés où Valentin siégea,
Lieux fortunés où son amante est née.
Des ennemis il trompe les regards,
Il vient, il entre, il franchit ces remparts
Où du courage il croit suivre la trace,
Où des chrétiens il croit guider l'audace:
Dieu tout-puissant! quel spectacle odieux
Flétrit son cœur et désole ses yeux!
Il voit des dards couchés dans la poussière,
Un peuple entier qui fuit de la prière,
Aymard en pleurs, et ses chefs indignés,

L'autel muet, les prêtres consternés,
Et des vieillards profanant la vieillesse
Prêts à porter aux vainqueurs étonnés
L'aveu honteux d'une lâche faiblesse.
Tel quand le soir grave et silencieux
A sur les airs jeté son voile sombre,
L'éclair jaillit, perce le sein de l'ombre,
Et de sa flamme embrase au loin les cieux;
Ainsi Roger animé d'un saint zèle
S'élance, fond sur la troupe infidèle,
Disperse au loin ces lâches députés,
Brise en leurs mains ces rameaux détestés,
Et du Seigneur ranimant la querelle:
« Chrétiens, dit-il, n'êtes-vous plus chrétiens?
« N'aimez-vous plus le Dieu qu'aimaient vos pères?
« Quoi! nous venons pour briser vos liens,
« Et nous trouvons, ô comble de misères!
« Des ennemis où nous cherchions des frères!
« Quoi! vous changez, et vous ne craignez plus
« Que ce vengeur promis par tant d'oracles,

« De l'avenir devançant les miracles,
« Ne lance enfin ses foudres suspendus?
« Faibles pécheurs, dont la foi passagère
« Cède à la voix des puissants de la terre,
« Allez aux pieds d'un vainqueur odieux
« Porter l'encens que profanaient vos vœux;
« Allez au prix d'une honte nouvelle
« Vendre en tremblant votre vie éternelle,
« Parjurez-vous ! et moi, le fer en main,
« Parmi des morts me frayant un chemin
« J'irai chercher le seul but où j'aspire
« Pour vous, sans vous conquérir le martyre,
« Et malgré vous m'élever jusqu'aux cieux. »
Il avait dit : une flamme soudaine
Semble aussitôt pénétrer dans les cœurs;
Le duc, les grands, le peuple qu'il entraîne,
Jurent au Maure une éternelle haine,
Et s'enivrant de leurs propres clameurs
Jurent au Dieu qu'ils oubliaient sans peine
D'aller combattre et de mourir vainqueurs.

Tel quand la nuit qui vient fraîche et tranquille
A sur les mers ramené le repos,
Tout semble calme, et la rame inutile
De coups bruyants fatigue en vain les flots.
Mais le jour vient: les premiers vents renaissent,
Le gouvernail fend les flots qui s'abaissent,
Et le vaisseau dominateur des mers
Reprend son vol au sein des flots amers.
Près de l'autel où créateur et maître
Ce Dieu puissant dont la foudre est la voix
Règne invisible et contemple à-la-fois
Tout ce qui fut et tout ce qui doit être,
Aymard appelle et reçoit les serments
D'un peuple vain qui change à tous moments,
Et dont l'effroi, le calme ou l'espérance
Est sans pouvoir comme il est sans constance.
Que produira cet élan de valeur?
Qu'a-t-il promis ce peuple sans vigueur?
De s'immoler ou de venger la gloire
D'un Dieu qu'offense un semblable vengeur;

Roger s'avance, il promet la victoire :
Guerrier, amant, prince, il a pour y croire
La foi, l'amour, la vaillance et l'honneur.
 Bientôt Salerne entend le cri d'alarmes,
Le croissant brille, et les noirs étendards
Non loin des murs se montrent aux regards,
L'airain résonne et chacun vole aux armes;
Au pied des murs, au sommet des remparts,
Brille et s'agite une forêt de dards :
Les temples saints sont arrosés de larmes,
Et les guerriers, les enfants, les vieillards,
Le peuple enfin, s'arment de toutes parts.
 Roger qui, jeune a, malgré son jeune âge,
Fait des combats l'utile apprentissage,
Des citoyens anime le courage,
Marche, examine, et se mêle avec eux,
Porte sur tout un regard juste et sage,
En corps légers rompt les corps trop nombreux,
Et, prévoyant les dangers qu'il partage,
Aux vieux guerriers qu'il connaît davantage,

Garde avec soin les postes dangereux.
Au milieu d'eux oubliant sa vieillesse,
Le noble Aymard se prépare aux combats.
Il prend ce glaive, honneur de sa jeunesse,
Qui désormais est trop lourd pour son bras,
Contre son cœur en soupirant le presse,
Et des guerriers suit encore les pas.
Mais au milieu des soins de la patrie
Un autre soin vient souvent l'affliger:
Souvent au gré de sa mélancolie,
Sans le savoir, il vient près de Roger,
Cherche en passant à parler d'Eugénie,
Et satisfait du mot le plus léger
Retourne au poste où le devoir le lie.
Pauvre vieillard! ce n'est pas sans rougeur,
Mais Eugénie est si pure et si chère
Aux deux objets qui partagent son cœur,
Que son amant peut parler à son père,
Les deux amours ont la même pudeur.
A force d'art, de zèle, de prudence,

Un jour suffit aux soins de la défense.
Tout dans les murs est déja préparé :
Rien hors des murs n'est encore assuré.
Suivi des siens, Roger part en silence,
Alfred le suit, Alfred dont la vaillance
Est des Normands la seconde espérance,
Jeune guerrier des guerriers adoré,
Mais qui, cachant son nom et sa naissance,
D'un long mystère est encore entouré.

Entre les monts, la ville et le rivage
Des Sarrasins on découvre les feux :
Les chevaliers s'arrêtent sur la plage,
Et de la nuit méprisant l'avantage,
Jusques au jour s'établissent près d'eux.
C'est à l'honneur, à la force, au courage
A décider un combat généreux :
Le sort n'est rien : la fortune volage
Fait les guerriers heureux ou malheureux :
L'honneur est tout, l'honneur est juste et sage,
C'est la vertu suffisant à ses vœux,

Et des Français entendent son langage.

Déja tout dort : autour de leurs drapeaux
Les chevaliers sont couchés sur la rive :
Les cris égaux de la garde attentive
De loin en loin troublent seuls ce repos.
Sous un rocher qui domine la plaine,
Roger s'asseoit avec quelques amis,
Et contemplant ces deux camps endormis :
« Voyez, dit-il, les voilà réunis !
« Encore un jour ! à l'aurore prochaine
« Ils reprendront les fureurs et la haine.
« Encore un jour ! et d'un autre sommeil
« Ils dormiront peut-être sans réveil. »
« Ah ! dit Alfred, si le ciel que j'implore
« S'ouvrait enfin à mes desirs pieux,
« Mon cher Roger, tu vaincrais, et mes yeux
« Du second jour ne verraient plus l'aurore.
« Ce musulman dont toi-même aujourd'hui
« Tu nous peignais la tristesse profonde,
« Ce jeune Osmin, il n'est pas seul au monde :

« Un peuple entier voit en lui son appui,
« Un père illustre a mis sa gloire en lui,
« Et le malheur qu'il commence à connaître
« Ne date point du jour qui l'a vu naître.
« Mais moi, Roger, depuis que je suis né,
« Traînant par-tout mon malheur obstiné,
« Je n'ai connu ni les soins de mon père,
« Ni la puissance où j'étais destiné,
« Ni les baisers ni la voix de ma mère;
« Roi fugitif et fils abandonné,
« Je suis venu sur la terre étrangère
« Trouver l'amour; mais l'amour plus sévère,
« Plus redoutable et plus infortuné
« Que le destin où j'étais entraîné. »

A ce discours vous eussiez vu des larmes
Couler des yeux de ces vieillards soldats,
Qui, sous le fer, usés dans les combats,
Se croyaient sûrs à l'abri de leurs armes.
Il est dans l'ame un pouvoir plein de charmes,
Un noble don par le ciel départi,

Qui, du malheur qu'un autre a ressenti,
Jusques à nous fait passer les alarmes,
Qui, dans le cœur heureux ou malheureux,
Fait toujours naître un élan généreux,
Qui fait qu'on pleure et qui fait qu'on s'oublie:
C'est aussi lui qui fait qu'on se confie,
C'est lui qui fait qu'on peut à l'amitié
De ses chagrins accorder la moitié.
Le triste Alfred en éprouva l'empire,
Et dans son cœur de chagrins consumé
S'émut encor quelqu'espoir d'être aimé.
« Vous le voulez, mais que puis-je vous dire,
« Lorsque de moi je ne puis vous parler,
« Dit-il, la mort pourra vous révéler
« Quel sort me tue et quel amour m'inspire:
« D'autres destins paraissaient m'appeler.
« Mon père aussi fut promis à la gloire,
« Et du malheur subit aussi la loi,
« Mais on l'aima; proscrit par la victoire,
« Chassé des lieux où mon père fut roi,

« A l'avenir je n'ai plus droit de croire.
« Mais de parler vous me faites la loi,
« J'obéirai : je vous dirai l'histoire
« Du long malheur qui pèse encor sur moi.
« O mes amis ! puisse un jour ma mémoire
« Être un objet de pitié, non d'effroi! »
Il dit : Roger entre ses bras la presse,
Et le jeune homme en dépit de ses maux,
Sensible encore à sa douce tendresse,
Saisit sa main et lui parle en ces mots.

NOTES

DU SECOND CHANT.

Page 48, vers 8:

. . . . . Alfred dans un pieux silence
Apporte une urne, y plonge un fer de lance.

La fraternité d'armes se consacrait dans les temps plus reculés par un baiser sur la nuque et sur l'oreille : ensuite par le mélange du sang et par l'échange des épées, tel que je l'ai décrit ici. Ce noble usage avait été emprunté par la chevalerie aux temps héroïques. L'idée d'un pareil lien entre des ennemis ne peut naître que chez des peuples dont la civilisation est peu avancée, et dont les sentiments ont encore leur force primitive. Il n'y a personne qui ne se rappelle ce beau morceau de l'Iliade où Glaucus change d'armes avec Ulysse, parce que leurs pères ont contracté entre eux l'hospitalité.

Page 52, vers 1 :

Non loin des champs où l'Arne se déploie.

L'Arne est une petite rivière qui coule non loin de Pæstum et de Salerne.

Page 52, vers 9 :

Lieux consacrés où Valentin siégea.

C'est saint Valentin, évêque de Salerne qui vivait au cinquième siècle, et qui était resté en grande vénération dans ces contrées. Vid. *Ant. Mazza, civit. Salern, hist.*, *c.* 7 *et* 8.

LES NORMANDS
EN ITALIE.

CHANT TROISIÈME.

Ah ! que la vie est un triste voyage,
L'aspect des cieux en retrace l'image.
Là tour-à-tour le silence et le bruit
Passent ensemble ou règnent sans partage,
Le jour succède à la nuit qui s'enfuit,
L'éclat à l'ombre, et le calme à l'orage.
Ainsi la vie est le triste assemblage
De biens sans joie et de malheurs sans fruit,
De vains succès que l'infortune suit,
De longs revers plus longs que le courage,
Et l'avenir, sans lois et sans présage,
Ouvre un abîme où l'erreur nous conduit.

Vous le voulez : il faut vous satisfaire,
Je reprendrai ce récit douloureux,
Je redirai les malheurs de mon père,
Je redirai les vertus de ma mère,
En m'écoutant, vous les plaindrez tous deux.

Oswald régnait aux plaines de Laudore :
Les Écossais heureux de son appui,
De leur destin se reposoient sur lui :
On ne craint pas un pouvoir qu'on adore.
Fils du héros, héros à son aurore,
Le jeune Arthur au milieu des combats
De leurs tribus conduisait les soldats,
Et les tribus que défendait son bras
A sa victoire applaudissaient encore.
Trois fois déja de ces enfants du nord
Dont les vaisseaux n'apportaient à la plage
Que le trépas, la honte ou l'esclavage,
Sa main puissante avait dompté l'effort.
Libérateur des peuples du rivage,
Il recueillait dans un noble repos

De ses sujets les respects et l'hommage,
Comme un pilote, après un long orage,
Reçoit les vœux des pâles matelots.
  Dans le palais élevé par ses pères
Il déployait son luxe hospitalier:
Les voyageurs en savaient le sentier,
Et le soldat des terres étrangères,
D'un fer ami frappant le bouclier
Que supportaient les ogives légères,
Pouvait sans crainte auprès du chef altier
Venir chercher le repas du guerrier,
Et raconter ses amours et ses guerres,
Les Bardes saints entouraient son foyer.
  Non loin de-là, dans les champs que la Clyde
En murmurant arrose de ses eaux,
Le vieux Duncan gouvernait ses vassaux:
A ses côtés Emma jeune et timide,
Emma, l'amour de cent nobles rivaux,
Prix de leur gloire et but de leurs travaux,
Emma, l'espoir et l'orgueil de son père,

Adoucissait le joug un peu sévère
Qu'il imposait à des sujets nouveaux.
Bons chevaliers, je voudrais vous la peindre
Telle en effet qu'elle était autrefois
Quand de l'amour elle étendait les lois,
Quand il fallait l'adorer et la craindre:
Je ne le puis : mon pinceau sans vigueur
Pour tant d'attraits a trop peu de couleur,
Et j'aime mieux vous répéter encore
Le chant d'amour qu'en des jours de bonheur
Arthur disait sur sa harpe sonore:

Guerriez qui connaissez l'amour,
Vous avez pris Emma pour maître:
Guerriers qui voulez le connaître,
Auprès d'Emma passez un jour.

Le souffle harmonieux des vents,
Quand ils apportent sur leurs ailes
La voix des vièrges immortelles,

Est moins doux que ses doux accents.
L'astre qui dissipant l'orage,
Aux matelots silencieux
Fait apercevoir le rivage,
A moins de charme que ses yeux.

Guerriers qui connaissez l'amour, etc.

Ce front serein, ce col charmant
Où de sa noire chevelure
Les anneaux tombent sans parure,
Font mon orgueil et mon tourment.
Sa taille élégante et légère
Est semblable aux roseaux mouvants
Qui, près de l'onde passagère,
Se balancent au gré des vents.

Guerriers qui connaissez l'amour, etc.

Soit qu'aux hymnes de nos soldats
Elle mêle sa voix touchante,

Soit qu'aux vers que Moïna chante
Elle unisse ses jolis pas;
Le cœur le plus long-temps rebelle
Apprend l'amour en un instant,
Le cœur le plus long-temps fidèle
Près d'Emma devient inconstant.

Guerriers qui connaissez l'amour, etc.

Fils de Fingal, chantre divin
Ressaisis ta harpe immortelle,
Choisis et chante la plus belle
Entre les filles de Morven.
Tu pourras retrouver en elles
La beauté que ton cœur aima,
Les attraits, les graces nouvelles,
Tu ne trouveras point d'Emma.

Guerriers qui connaissez l'amour
Vous avez pris Emma pour maître:

Guerriers qui voulez le connaître,
Auprès d'Emma passez un jour.

Telle au matin on voit la jeune aurore
Quand ses rayons annoncent un beau jour,
Telle aux regards du héros de Laudore
Emma parut, doux espoir de l'amour,
Plus radieuse et plus brillante encore.
Arthur la vit, Arthur connut enfin
Ce sentiment funeste en sa puissance
Qui de ses feux trouble l'adolescence,
Qui du vieil âge avance le déclin:
Arthur aimait; l'amour et l'espérance
Semblaient d'avance embellir son destin,
Et cependant il garda le silence.
Un jour enfin qu'assise à son côté
La jeune Emma reposait solitaire,
L'amour craintif dévoila le mystère,
Et par l'amour l'aveu fut répété.
Un seul moment décida de leur vie:

Un seul moment ! quand il fait le bonheur,
Quand il promet ou qu'il donne une amie,
Un seul moment est assez pour le cœur.

Depuis ce jour, soit que du daim timide
Emma suivit les sentiers ignorés,
Soit qu'appuyé sur l'aviron rapide
Arthur fendit les ondes de la Clyde,
Jamais un jour ne les vit séparés.
Vous le savez : c'est un besoin extrême
D'être toujours près de l'objet qu'on aime :
Qu'on parle ou non, que la voix, que les yeux
Aient un langage ou soient silencieux,
Qu'un autre soin vous distraie ou l'appelle,
Un sentiment que l'on ne comprend pas,
A ces moments fait trouver mille appas,
Et l'on est bien parce qu'on est près d'elle.

Ainsi long-temps dans un repos obscur
Emma vécut pour l'amoureux Arthur,
Arthur vécut pour sa noble compagne,
Et dans les jeux de l'amour le plus pur,

Un an passa, comme, en un ciel d'azur,
Passe un beau jour que la joie accompagne.
   Voilà qu'un soir l'inflexible vieillard
Qui, de nos lois gardien dépositaire,
Étend par-tout leur pouvoir salutaire,
Aux deux amants apparaît à l'écart:
« Je sais, dit-il, quelle est votre espérance
« Et quel amour vous enflamme tous deux;
« Vous vous fiez à leur noble innocence;
« Mais jusqu'au jour où deux chefs généreux
« Accorderont à votre obéissance
« L'hymen sacré qui comblera vos vœux,
« L'austère honneur condamnera vos feux,
« Les Bardes saints garderont le silence,
« Et les guerriers murmureront entre eux.
« Allez, Arthur, allez de votre père
« Faire approuver vos feux et votre choix:
« Vous m'accusez, je vous plains, mais j'espère,
« Et votre hymen satisfera nos lois. »
   Arthur l'écoute à ses ordres docile:

Emma soupire, il part, et de son cœur
Avec effort déguisant la douleur,
Vers Témora tourne la proue agile.
Emma plus calme et plus près du bonheur
Retourne seule à la salle des fêtes;
Des menestrels les harpes toujours prêtes
A son oreille avaient quelque douceur:
Du fier Duncan ils disaient les conquêtes,
Du jeune Arthur ils disaient la valeur.
  Six fois la nuit à voilé l'hémisphère,
Six fois déja l'astre éclatant des jours
Dans l'onde amère à terminé son cours
Depuis qu'Arthur vers le toit de son père
A dirigé sa nacelle légère,
Et le guerrier qui veille sur la tour
N'a point encore annoncé son retour.
Emma s'effraye : on craint tout quand on aime:
Elle s'élance, et d'un œil curieux
Sur le rivage interroge elle-même
L'onde et les vents, et la terre et les cieux.

Les vents fougueux dorment dans leur asile,
Le ciel est pur, le fleuve est immobile,
Et du soleil bénissant le retour,
La terre émue ouvre son sein fertile.
Rien n'est troublé dans ce calme séjour,
Rien n'est troublé que la vie et l'amour.

Six jours passés l'écho de la montagne
A retenti : le cor sonne, et déja
Arthur quittant le chef qui l'accompagne
Débarque, vole, et tombe aux pieds d'Emma.
Elle a revu l'objet de sa tendresse;
Mais ce n'est plus cet Arthur d'autrefois,
Son front chagrin a perdu sa jeunesse,
Ses yeux éteints sont chargés de tristesse,
Il veut parler : du malheur qui l'oppresse
Deux fois il cherche à soulever le poids,
Et sa douleur qui s'irrite sans cesse,
Jusqu'à son cœur retombe par deux fois :
Il cède enfin à l'amour qui l'en presse,
Il se relève, et d'une faible voix :

« Emma, dit-il, c'en est fait de ma vie,
« J'ai tout perdu, ma carrière est finie;
« Je ne vivais que pour toi, que par toi,
« Tout mon bonheur était dans mon amie,
« Et de te fuir on me fait une loi.
« Aux pieds d'Oswald j'ai porté ma prière:
« Je t'ai nommée et je t'ai peinte à lui
« Non en amant, mais en juge sévère,
« De notre espoir toi seule étais l'appui.
« Faibles efforts ! Arthur, m'a dit mon père,
« Si vous voulez renoncer aux états
« Qu'a si long-temps défendus votre bras,
« M'abandonner, déserter les combats,
« Et vous lier au sort d'une étrangère,
« Vous le pouvez : un Thane a quelques droits,
« Peut-être un père en a-t-il davantage,
« Jusqu'à ce jour j'en ai fait peu d'usage;
« Mais aujourd'hui reconnaissez ma voix,
« Et, s'il se peut, ayez quelque courage.
« Du vieux Duncan l'impardonnable affront

« A séparé l'une et l'autre famille :
« Jamais, Arthur, nos clans ne l'oublieront :
« Jamais Emma ne deviendra ma fille :
« Jamais ma main ne bénira son front. »
Emma tremblante écoutait, et la vie
A chaque mot abandonnait son cœur.
La pauvre Emma n'a connu du bonheur
Que l'espérance au regard enchanteur,
Et l'espérance à son ame est ravie.
Son front charmant se couvre de paleur,
Et de ses yeux rougis par la douleur
Tombe une larme offerte à la pudeur,
Larme d'amour qu'un soupir a suivie.
« Arthur, dit-elle, il faudra nous quitter,
« Je le sens trop ; à cet ordre sévère
« Ni toi, ni moi ne pouvons résister :
« L'amour est tendre et le devoir austère,
« L'amour, hélas ! ne saurait l'emporter.
« Obéissons, bannis de ta mémoire
« Un souvenir qui serait douloureux :

« Comme autrefois, vas chercher la victoire,
« Et sans amour, s'il se peut, sois heureux:
« Je jouirai de l'éclat de ta gloire,
« Et ton bonheur satisfera mes vœux.
« Mais si du sort la cruelle inconstance
« Devait un jour te soumettre à sa loi,
« Si le hasard trahissait ta vaillance,
« Si tu cessais d'être vainqueur et roi,
« Mon cher Arthur, garde-moi souvenance,
« Reviens alors, reviens auprès de moi,
« Mon cœur, ma main, mon amour, ma puissance,
« Ma vie enfin, je garde tout pour toi;
« Dans ton bonheur, je renonce à ta foi,
« Dans ton malheur j'ai droit à ta constance. »

Heureux amants ! vous que l'amour forma
Pour le bonheur et pour goûter ses charmes,
Aux malheureux accordez quelques larmes,
Plaignez Arthur, plaignez sur-tout Emma.

Arthur debout, appuyé sur sa lance,
Pâle, muet, sans larmes et sans voix,

D'un regard tendre et sinistre à-la-fois,
Fixait Emma qui pleurait en silence;
Il cède enfin à de funestes lois.
Il part; mais las ! en fuyant son amie,
En abrégeant des adieux sans retour,
En renonçant au bonheur de sa vie,
Il croit trouver dans son ame asservie
La fermeté que n'eût jamais l'amour.
Vaine espèrance ! une force inconnue
Vers son Emma lui fait tourner les yeux;
Il la voit pâle, immobile, éperdue,
Son cœur se brise, il accourt, et ses Dieux,
L'honneur, le ciel, son père, ses ayeux,
Tout va céder au tourment qui le tue;
D'un geste doux, mais presqu'impérieux,
Emma l'arrête et lui montre les cieux:
D'un long regard le guerrier la salue,
Un long soupir achève ses adieux,
Et les rochers la cachent à sa vue.

Il fuit alors; sous des cieux étrangers,

Sombre, muet, le désespoir dans l'ame,
Il va chercher des devoirs, des dangers,
La mort sur-tout, c'est la mort qu'il réclame.
Vers Aberdon il dirigeait ses pas,
Déja du Forth il touchait le rivage,
Quand il entend un cri rauque et sauvage,
Dans les rochers retentir par éclats:
Pour conserver sa gloire et ses états
Le noble Oswald rassemblait une armée
Par la victoire à la guerre animée:
L'airain brillant, et la croix enflammée
De toutes parts appelait les combats;
Cachant son nom, cachant sa renommée,
Arthur s'élance au milieu des soldats,
Et dans leurs rangs va chercher le trépas.

Pendant ce temps, Emma triste et plaintive
De Balclutha regagnait les palais;
En vain la foule autour d'elle attentive
De sa douleur cherche à troubler la paix,
Un seul objet l'occupe et la captive:

Ces champs si beaux, ces ombrages si frais,
Ce doux ruisseau qui caresse la rive
N'ont plus de charme à ses regards distraits;
L'amour faisait leur beauté fugitive:
Avec Arthur, ils étaient pleins d'attraits,
Et sans Arthur ils sont pleins de regrets.

Amour, amour, que de maux tu fais naître!
Pour le bonheur quels effets produis-tu?
Il n'en est point, hélas! sans te connaître,
Il n'en est plus après t'avoir connu.

La pauvre Emma vous en offre l'image.
Sur les rochers qui bordent le rivage
Chaque matin la voyait arriver;
Soit que les vents apportassent l'orage,
Soit que la mer s'éloignât de la plage,
Elle y venait soupirer et rêver.
Plus d'une fois, au lever de l'aurore
Elle attendit, attendit, et pleura;
Plus d'une fois, quand le jour expira,
En s'éloignant, elle redit encore:

Je reviendrai, peut-être il reviendra!
Qu'ils sont affreux les tourments de l'absence!
Emma tremblante et la mort dans le sein,
Les yeux fixés sur l'océan immense
Cherchait Arthur et le cherchait en vain.
Des vents du nord le murmure lointain
Répondait seul à sa vague espérance;
Elle écoutait dans un morne silence,
Et reprenant la harpe dans sa main,
Recommençait sa plaintive romance:

Fils de la nuit, astre silencieux
M'apportes-tu de sinistres présages?
Ton front serein s'est voilé de nuages,
Le vent de mort a sifflé dans les cieux,
Et mon Arthur est loin de ces rivages.

N'a pas long-temps que des plus fiers guerriers
Avec mépris j'ai rejeté l'hommage;
Le seul Arthur toucha ce cœur sauvage.

Tous nos guerriers entourent mes foyers,
Et mon Arthur est loin de ce rivage.

Jeune j'étais; le bonheur vint à moi,
Il me promit d'embellir mon voyage,
Je le reçus comme on fait au jeune âge;
Mais le bonheur s'est joué de ma foi,
Et mon Arthur est loin de ce rivage!

Trois mois passés, un soir qu'auprès d'Emma
Dans Balclutha, les vierges des montagnes
Faisaient entendre à leurs jeunes compagnes
Les vers du barde et les chants de Selma,
Le vieil ami du héros de Laudore
Comhal parut, semblable au météore
Qui, dans les cieux, vers la fin d'un beau jour
De la tempête annonce le retour:
« Emma, dit-il, la colline lointaine
« Est aujourd'hui l'asile du repos;
« Le sang du brave a coulé dans la plaine,

« Et la victoire a quitté nos drapeaux.
« Oswald n'est plus : sous les coups d'une femme
« J'ai vu tomber mon maître assassiné,
« Arthur a fui des grands abandonné,
« Et Constantin qu'un rebelle proclame
« Saisit déja le sceptre profané. »

A peine il dit : trois fois la sainte lance
Fait résonner l'airain des boucliers,
La croix de feu rassemble les guerriers,
Emma les guide, et Comhal les devance.

Vers ce rempart qu'autrefois les Romains
Ont dans nos champs élevé de nos mains,
Et qui chez nous conservé d'âge en âge,
Des fils du nord arrête le ravage,
Et du midi leur ferme les chemins,
Un antre s'ouvre, adoré par la crainte,
Des Culdes saints naguères habité,
Des Écossais en tout temps respecté,
Séjour de paix, de douleur et de crainte.
C'est là qu'Arthur avait porté ses pas.

C'est en ces lieux qu'armé pour la vengeance,
Cachant la haine et sur-tout l'espérance,
Il s'apprêtait à de nouveaux combats.
En ce moment, pensif et solitaire,
Au sort d'Emma comparant ses destins,
Il bénissait la rigueur salutaire
Qui, contraignant leur amour à se taire,
La dérobait à des malheurs certains.
A ses regards Emma s'offre elle-même:
« Arthur, dit-elle, est-ce ainsi que l'on aime?
« Tu me cherchais dans tes jours de bonheur,
« Et tu me fuis dans tes jours de malheur!
« Assez long-temps d'un monarque et d'un père
« J'ai respecté la volonté sévère,
« Assez long-temps tu t'immolas pour lui;
« Du haut des cieux qu'il bénisse aujourd'hui
« Les nœuds sacrés que le malheur resserre.
« Sois mon amant, mon époux, mon appui;
« Puisse l'amour ramener la victoire,
« Et le bonheur te conduire à la gloire! »

Le voyageur égaré dans la nuit,
Sur le sommet des monts de la Norvège,
Qui voit les feux scintiller dans la neige,
Et de l'airain entend au loin le bruit;
Le nautonnier écrasé par l'orage,
Si tout-à-coup le flot qui l'abyma
Loin des écueils le rejette au rivage,
Sont moins heureux qu'Arthur auprès d'Emma.
Ah ! si l'amour fait souffrir davantage,
Il donne aussi plus de joie en partage
Aux cœurs aimants que sa flamme anima :
Heureux celui qui peut à son amie
Vouer sa foi, sa fortune, sa vie,
Et la placer au sein de la grandeur !
Mais plus heureux celui qui reçoit d'elle
Tous les trésors d'un amour si fidèle :
Ce qu'il éprouve est plus que du bonheur.
Ainsi parlait Arthur, et son visage,
Ses yeux ardents, son regard, son maintien,
Avaient encore un plus tendre langage.

Vous le savez, vous que l'amour engage,
Sans se parler, on se comprend si bien!

Tout était prêt : cette auguste journée
Des deux amants fixa la destinée,
L'hymen sacré légitima leurs feux.
Des mains d'Arthur Emma fut couronnée,
Et deux tribus se levèrent pour eux.

Au premier bruit de leur marche subite,
L'usurpateur tremble dans son palais.
De ses guerriers il rassemble l'élite,
Et de la Twed franchissant la limite
Vient soutenir un droit qu'il n'eut jamais.

Dieu tout-puissant! s'il est vrai que ce monde
Soit quelquefois l'objet de tes regards,
Si l'espérance où notre cœur se fonde
N'aboutit point à de tristes hasards,
S'il faut qu'on souffre, et que ton bras punisse,
Si de tes lois l'éternelle justice
Pour les forfaits garde les châtiments,
Dieu juste et bon, pourquoi ces deux amants

N'ont-ils jamais trouvé le ciel propice?
Homme et soumis, je fléchis sous ta loi;
Sans la comprendre un chrétien la révère:
Mais mon cœur souffre, et jusque devant toi
Je pleurerai les malheurs de ma mère.

Un an passa dans des succès divers;
Pendant un an la fortune volage
Des deux partis balançant l'avantage
Fit succéder la victoire aux revers.

De ses transports Arthur n'était plus maître:
Au sein des camps son fils venait de naître,
L'usurpateur par les grands secondé
Dans Édimbourg s'était fait reconnaître:
Et le destin n'était point décidé.
Las de souffrir d'une haine étrangère,
Il cherche enfin à terminer la guerre,
Et vient remettre au hasard d'un combat
Les droits au trône et le sort de l'état.

Dans ce dessein Constantin le seconde;
La même ardeur les anime tous deux.

Bientôt le sort favorable à leurs vœux,
De cette guerre en malheurs si féconde,
Fixa le terme aux rives de l'Amonde.
Là dut finir ce combat dangereux,
Là du trépas naquit la paix profonde.

Depuis l'instant qui voit poindre les jours
Jusqu'au moment où les cieux s'obscurcirent,
Le sang coula, les guerriers combattirent,
Des cris affreux dans les airs retentirent,
La mort plana, le carnage eut son cours.
Arthur enfin voit sur toute la plaine
De Constantin les guerriers dispersés,
Leur ligne ouverte, et leurs remparts forcés,
Il cède alors à l'espoir qui l'entraîne :
« Emma, dit-il, la victoire est certaine,
« L'ennemi fuit; mais ce n'est pas assez :
« Ce Constantin dont la gloire est flétrie
« Règne en esclave et combat en héros.
« Il est vaincu; mais de notre patrie
« Sa mort peut seule assurer le repos.

« Tant qu'il vivrait, je craindrais sa furie.
« Si je succombe, Emma, conserve-moi
« Le souvenir et l'amour d'une amie;
« O mon Emma! sur-tout conserve-toi,
« Songe qu'Alfred a besoin de ta vie:
« C'est le seul vœu d'un amant qui supplie,
« De ton époux c'est la dernière loi. »

Vers Constantin, à ces mots il s'élance.
Tous deux soldats, tous deux du sang des rois,
Tous deux remplis de haine et de vaillance
Avec fureur s'attaquent en silence,
L'airain gémit sous les coups de la lance,
Et tous les deux ils tombent à-la-fois.
Avec Arthur périt notre puissance:
Tous ces guerriers qu'eût animés sa voix
En le perdant oublièrent ses lois,
Et d'un appui nécessaire à mes droits
La triste Emma vit tomber l'espérance.

Près du bocage où des premiers amours
Le tendre aveu fit ses premiers beaux jours,

Près d'un ruisseau qui murmure et qui tombe,
La pauvre Emma, sans appui, sans secours,
De son ami fit élever la tombe.
Sur un gazon d'une eau pure entouré
D'un vieux sapin le tronc noirci par l'âge,
L'arc et le dard symboles du courage,
La harpe d'or et le vase doré,
De la douleur accomplirent l'hommage:
Trophée obscur, à l'amour consacré,
Mais dans nos champs anobli par l'usage.
Trois fois encore Emma s'y vint asseoir.
Le premier jour détachant sa guirlande,
Sur le gazon elle en posa l'offrande,
Et s'éloigna lorsque parut le soir.
Le second jour près de la sépulture
Elle coupa sa longue chevelure,
Et détournant son regard sans espoir
Y demeura jusqu'à la nuit obscure.
Lorsque le jour dans ce funeste lieu
Suivit les pas de la troisième aurore,

Elle y revint dire un dernier adieu,
Verser des pleurs puis en verser encore,
Et se placer entre son fils et Dieu.
Des monts du nord la tempête élancée
Battit long-temps son front silencieux,
Elle tomba sur la pierre glacée,
Le jour mourut, et son ame brisée
Auprès d'Arthur s'envola dans les cieux.

NOTES
DU TROISIÈME CHANT.

Page 65, vers 1 :

Ah ! que la vie est un triste voyage !

L'idée première de cette comparaison est prise d'Ossian, dans le poëme de Finan et Lorma.

Page 66, vers 6 :

Oswald régnait aux rives de Laudore.

Le roi d'Ecosse à qui j'ai donné le nom d'Oswald, et que j'ai supposé établi dans le Lauderdale, est Kenneth III, fils de Malcolm Ier. Après un règne long et glorieux, ce prince vit naître une faction puissante qui portait au trône Constantin-le-Chauve, fils de Culenius son prédécesseur. Il rassembla des troupes, et marchait contre les rebelles, lorsqu'il fut assassiné par Fenèle, mère de Cratilinthe, comte de Merns, qui voulait venger la mort de son fils. Il mourut en 994. — *Vir plane cætera eximius nisi Milcolumbi cædes et nimium erga suos studium turpem præclaris ejus rebus notam inusisset* — dit Buchanan, *Rer. Storic. histor., lib.* 6, *p.* 188 de l'édition de Francfort.

Kenneth III laissa deux fils ;

Malcolm qui remonta sur le trône par la suite, et fut le fondateur de la véritable monarchie d'Ecosse ; et

Kenneth, celui même que j'ai appelé Arthur. Après la mort de son père il combattit plus d'un an Constantin avec des succès divers. Le hasard ou des combinaisons militaires amenèrent enfin une bataille générale. Les armées se rencontrèrent dans la Lothiane sur les bords de l'Amonde. Kenneth cherchait Constantin, il le trouva, l'attaqua seul à seul, et périt en lui donnant la mort. — *Fordun*, *Scoti chronic.*, liv. 4, ch. 28, 32, 33, 34.

Laudore est une ville de l'Ecosse méridionale sur la rivière de ce nom dans la province de Merns. La ville et le fleuve portent aujourd'hui le nom de Lauder, et le donnent au Lauderdale.

Page 66, vers 15 :

Trois fois déja de ces enfants du Nord

Les Danois avaient fait à cette époque plusieurs

incursions en Écosse. La plus remarquable est celle qui amena la bataille de Lotcart. J'ai cru pouvoir les rapprocher un peu, et en attribuer la gloire au jeune Arthur.

Page 67, vers 14 :

Non loin de là dans les champs que la Clyde.

La Clyde, Clid, ou Cluyd, appelée par les Romains Glota, et par les Écossais Clutha, prend sa source aux confins du Nythisdale, et va se jeter dans la mer entre l'Ile d'Arran et la province de Cuningham.

Page 74, vers 3:

Vers Témora tourne sa proue agile.

Témora est le nom qu'on donnait en général au palais des rois. Un des poëmes d'Ossian porte ce nom. Letourneur, dans les notes de sa traduction, dit que ce mot est le même que Timor-Rath, et qu'il signifie palais du bonheur.

Page 77, vers 2 :

Jamais, Arthur, nos clans ne l'oublieront

Clans était le nom que portaient les tribus d'Ecosse. Leurs chefs s'appelaient Thanes. On peut se souvenir de l'effet que Shakespeare a tiré de ce seul mot dans les scènes 5 et 7 du premier acte de Macbeth.

Page 80, vers 4 :

Vers Aberdon il dirigeait ses pas,
Déja du Forth il touchait le rivage

Aujourd'hui l'Old Aberdeen, situé à l'embouchure de la rivière de Don dans la province de Merns.

Page 80, vers 11 :

L'airain brillait, et la croix enflammée

Lorsqu'un Thane d'Ecosse voulait appeler ses vassaux aux combats, il faisait passer de village en village une croix de bois enflammée. Elle courait de main en main, et celui qui la portait criait à haute voix le lieu du rendez-vous. Cette sorte d'appel était sacrée, et personne ne pouvait y manquer. Dans des temps plus reculés ce signal portait le nom de Cran-Tara, et l'usage était alors de tremper le bois brûlé dans le sang, avant de l'envoyer. Il en est ainsi fait mention dans Dargo, poëme d'Ullin, contemporain d'Ossian. Cet usage subsistait encore il y a peu de temps : Walter Scott l'a rappelé dans le troisième chant de la dame du Lac.

Page 80, vers 17 :

De Balclutha regagnait les palais

Balclutha était l'ancienne capitale du Clyde-Dale :

brûlée au troisième siècle par Comhal, père de Fingal, elle fut rétablie quelque temps après. Il paraît qu'elle était située à-peu-près aux mêmes lieux où est aujourd'hui Dunbarton, et c'est effectivement Dunbarton que j'ai voulu désigner. Ossian a mis dans la bouche de Fingal, au commencement du poëme de Carthon, un morceau plein de poésie sur la ruine de Balclutha.

Page 83, vers 11 :

Les vers du Barde et les chants de Selma.

Les chants de Selma sont un des poëmes d'Ossian.

Page 84, vers 2 et suivants :

Oswald n'est plus : sous les coups d'une femme

Historique. Voyez la note seconde.

Page 84, vers 11 :

Vers ce rempart qu'autrefois les Romains.

C'est la grande muraille d'Écosse élevée par Sévère, d'autres disent par Agricola, pour défendre les Bretons des invasions des Pictes et des Écossais. Elle avait douze pieds de haut, huit pieds d'épaisseur, et soixante mille pas de long, du golfe de Forth à l'embouchure de la Clyde.

Page 84, vers 17 :

Des Culdes saints naguères habité.

Les Culdes étaient les premiers missionnaires chrétiens d'Ecosse. Ossian adresse à l'un d'entre eux son poëme de la Guerre de Lora.

Page 89, vers 10 :

Arthur, enfin, voit sur toute la plaine

Historique. *Vid.* Fordun, liv. 4, ch. 34.

Page 90, vers 13 :

Et tous les deux ils tombent à-la-fois.

Historique. *Vid. ut sup.*

Page 91 vers 4 :

Sur un gazon d'une eau pure entouré

J'ai supposé que l'usage des anciens peuples d'Écosse et d'Irlande subsistait encore relativement aux sépultures. *Vid.* Cesarotti ; *ragionam. intorn. i Caledoni*, §. 15.

LES NORMANDS
EN ITALIE.

CHANT QUATRIÈME.

Et maintenant, ô rois, instruisez-vous,
Instruisez-vous, arbitres de la terre:
Vous le voyez, ni le roi qu'on révère,
Ni le vainqueur dont on craint le courroux,
Ni le soldat qui maîtrisa la guerre,
Ni le sujet qui vous sert à genoux,
Ne peut de l'homme éviter la misère.
Le sort est là qui, cruel et jaloux,
Au plus haut point où notre orgueil s'élance,
Se montre, frappe, et renverse en silence
Ce qui fut grand, ce qui fut noble et doux.
Mais si le sort trompé dans son courroux

Vous fait juger ainsi que ceux qui meurent,
Loin de vos yeux si vos sujets vous pleurent,
Si votre nom vit dans le cœur de tous,
Fût-ce en exil, vos majestés demeurent
Reines du sort et libres de ses coups.

Et cependant qu'au sein de la nuit sombre
Alfred charmait ses amis attentifs,
Le jeune Osmin à la faveur de l'ombre
Fait dans le camp ramener ses captifs.
Conrad paraît : sa fermeté, son âge,
Ses cheveux blancs, son vénérable aspect
Au Sarrasin impriment le respect;
Mais Eugénie attire un autre hommage:
Tant de beauté, de graces, de douleurs,
Un air si doux, un si noble courage,
Tout charme en elle, et de timides pleurs
Coulent pourtant sur son joli visage.
Telle est la rose après un long orage,
Charmante, fraîche, et belle entre les fleurs,
Quand sur sa feuille aux riantes couleurs

Brillent encor quelques gouttes de pluie
Qu'Amour caresse, et que Zéphyre essuie.
Telle Eugénie arrive, et le vainqueur
En la voyant sent palpiter son cœur.
Mais de l'amour il connaît la puissance,
Il craint son charme, il craint ce doux regard
Cher au bonheur, funeste à la vaillance,
Et revenant du côté du vieillard :
« Ministre altier d'une fausse croyance,
Dit-il, ce Dieu, ton unique espérance,
« Qui, protecteur, n'a pu te soutenir,
« Et qui, vengeur, n'a pas su me punir,
« Ce Dieu, dit-on, oubliant sa prudence
« Laisse à tes yeux pénétrer l'avenir.
« Viens donc, dis-moi, j'en croirai ta science,
« Quelle est la fin du jour qui va s'ouvrir,
« Quelle est d'Aymard la force et la défense,
« Si je dois vaincre ou si je dois mourir? »
« Je parlerai, répond le solitaire:
« Tu veux savoir quel doit être ton sort,

« Je parlerai; mais tremble, téméraire,
« Tes jours sont pleins, ton arrêt est la mort.
« Ces habitants que tu crois sans défense
« Sont entourés d'invincibles remparts:
« Dieu qui nous voit vengera son offense,
« Et la victoire est sur nos étendards.
« Vienne le jour : au sein des mers profondes
« Quand tu verras des jardins se grouper,
« Quand des palais monteront sur les ondes,
« Tremble : la mort sera prête à frapper.
« Et ne crois pas que ma coupable audace
« Abuse ici du trouble où je te vois;
« Ce n'est pas moi, c'est Dieu qui te menace,
« C'est lui qui parle et qui soutient ma voix:
« C'est lui qui veut par un nouveau miracle
« En ce moment confirmer son oracle:
« C'est lui qui veut que ce mont redouté
« Chassant au loin la flamme prisonnière
« Fasse jaillir des torrents de lumière,
« Et de la nuit trompe l'obscurité. »

Avec fracas le mont éclate : un gouffre
Semble s'ouvrir, et volant vers les cieux
Un jet brûlant d'eau, de flamme, de soufre,
D'un feu rougeâtre éclaire au loin ces lieux.
L'air en frémit et le ciel s'en allume,
Le ciel mugit par les feux embrasé:
Par les rochers en ruisseaux divisé,
Un long torrent de lave et de bitume
Jusqu'à la mer tombe et roule élancé:
La mer recule et se couvre d'écume.
Osmin s'écrie, il croit voir le Seigneur,
Dans tout l'éclat de sa majesté sainte,
Se dévoiler aux mortels, et la crainte
Forte une fois entre au fond de son cœur.
Le regard fixe et détournant la tête,
Craignant l'horreur qui l'entoure en ce lieu,
Pâle, muet, il fuit : Conrad l'arrête,
Conrad lui dit : « Tremble et reconnais Dieu. »

Bientôt pourtant le ciel qui se colore
Des premiers feux de la naissante aurore

Va dissiper ce prestige éclatant.
Osmin frémit de l'erreur d'un instant,
Et, sans chercher des causes qu'il ignore:
« Vieillard, dit-il, j'ai pâli devant toi,
« Et c'est beaucoup : tu te flattais peut-être
« D'un peu d'effroi que j'ai laissé paraître,
« Mais sans rougir j'avoue un peu d'effroi;
« Il faudra voir si tu seras plus maître
« Du sentiment que le trépas fait naître,
« Ou si Conrad tremblera devant moi.
« Viens maintenant te mesurer à moi:
« Aux premiers rangs je te mettrai moi-même,
« Tu marcheras avec nous, devant nous,
« Et nous saurons si Dieu, dans son courroux,
« T'immolera pour ce peuple qu'il aime,
« Ou si du peuple, en ce péril extrême,
« Pour te sauver, il suspendra les coups.
« Ainsi que moi le trépas te réclame,
« Marchons tous deux au-devant du trépas ,
« Marchons ensemble; et vous, allez, madame,

« Éloignez-vous de l'horreur des combats:
« A la douleur ne livrez point votre ame,
« Osmin vainqueur suivra bientôt vos pas. »
  La jeune fille obéit en silence,
Elle s'éloigne, et d'un pas incertain,
Dans cet asile offert à l'innocence,
Va des combats attendre le destin.
Le jour naissait : la bise matinale
D'un souffle ami ridait les flots d'azur:
Des rayons d'or, des nuages d'opale
Se mariaient au milieu d'un ciel pur:
L'onde était calme et la terre amollie,
Des premiers feux la nature embellie
Prenait la vie au moment du réveil;
Au pied des monts les hôtes du bocage
Se ranimant à l'abri du feuillage,
D'un chant joyeux saluaient le soleil.
Du monde enfin l'invisible harmonie
Réunissait par de secrets accords
Le ciel, la terre, et la vie, et les corps.

Cet air plus chaud, ce ciel plein de génie,
Quelque mollesse à l'intérêt unie,
Donnait au cœur je ne sais quel espoir
Qu'on peut sentir et non pas concevoir.
Tout renaissait ; mais la triste Eugénie,
Loin de son père et loin de sa patrie,
Se trouvait seule avec sa rêverie,
Et de Roger accusait l'abandon.

Pauvre Eugénie, hélas ! quelle pensée
Troublait son cœur, affligeait sa raison !
Seule en ces lieux, captive et délaissée,
Elle passait de la crainte au soupçon.
« Quoi ! disait-elle, au lever de l'aurore,
« Ils ont repris leurs armes, et Roger
« Auprès d'Aymard ne marchait pas encore !
« Un peu de gloire, un éclat passager
« Triomphent-ils d'un serment qui l'honore ?
« Seul il m'oublie, et seule je l'adore.
« Qu'il est heureux le cœur qui peut changer ! »

Des champs voisins les bergères naïves

A ces accents accouraient attentives,
Et d'Eugénie écoutant les malheurs,
Sans les comprendre y mêlaient quelques pleurs,
Tandis qu'assise au pied d'un sycomore
La jeune fille exhalait ses douleurs,
Et mariait sa voix fraîche et sonore
Aux doux accents de la triste mandore:

Hélas, Roger! c'est dans ces mêmes lieux
Que tu jurais de m'aimer pour la vie.
Tout a changé, mon bonheur et tes feux;
Mieux vaut mourir : l'amour m'en fait envie.
Hélas, Roger!

Le temps n'est plus où mon ame charmée
Goûtait l'espoir d'un sort délicieux.
Je t'aimais tant que je crus être aimée.
Hélas, Roger! c'est dans ces mêmes lieux.
Hélas, Roger!

C'en est donc fait! en regrets superflus

J'ai consumé ma jeunesse asservie!
Toi que j'adore, il ne te souvient plus
Que tu jurais de m'aimer pour la vie.
Hélas, Roger!

Las! tu disais que jamais la puissance
Ne changerait ton amour et tes vœux.
Je t'aime encore, et malgré ma constance
Tout est changé, mon bonheur et tes feux.
Hélas, Roger!

Si ta pitié doit s'éveiller un jour,
Tu pleureras sur la pauvre Eugénie;
Mais la pitié fait trop mal à l'amour,
Mieux vaut mourir, l'amour m'en fait envie.
Hélas, Roger!

Pendant ce temps les feux du jour naissant,
L'air qui gémit et le cor qui résonne,
Aux Sarrasins que tant d'audace étonne,

Des chevaliers ont découvert le camp.
Osmin s'indigne : il accourt, il ordonne
Que le fer brille, et que la charge sonne,
Que le trépas appelle le trépas.
On obéit, on court, et des combats
Gronde déja l'effroyable tempête.
Chef pour les chefs, soldat pour les soldats,
Osmin s'élance et se place à leur tête.
Mais de Conrad l'oracle dédaigné
Vient tout-à-coup effrayer sa mémoire,
Il le repousse, il cherche à n'y pas croire,
Et de lui-même il s'arrête indigné.
Puis tout-d'un-coup : « Qu'il vienne, qu'on l'enchaîne,
« Cherchez Conrad ; » mais sur la tour prochaine,
Pâle, et les yeux brillants d'un feu divin,
Conrad paraît : il étend sur la plaine
Sa main puissante, et montre au Sarrasin
Des chevaliers la cohorte guerrière,
Leurs lances d'or, la croix de leur bannière,
Et d'une voix qui fait trembler Osmin :

« Va maintenant, essaie à te défendre,
« Cherche à combattre, et moi je vais t'attendre,
Dit-il, ma tâche est finie en ces lieux :
« La mort est là qui nous cherche tous deux,
« Moi plein d'espoir, et toi sans espérance. »
Du haut du roc à ces mots il s'élance,
Et sous les flots disparaît à leurs yeux.

En ce moment un hérault vieux et sage
Vient des combats apporter le message.
« Prince, dit-il, tu croyais au succès,
« Peut-être hier tu pouvais y prétendre ;
« Mais maintenant il est tard pour se rendre,
« Mais l'honneur parle et nous sommes Français.
« Veux-tu pourtant arrêter le carnage,
« A l'Italie épargner le ravage,
« Et décider tout le sort à-la-fois ?
« Un chevalier qui marche égal aux rois
« T'offre un combat digne de ton courage.
« S'il meurt, Aymard, Salerne et son rivage
« Sans balancer reconnaîtront tes lois ;

« S'il est vainqueur, aux soldats de la croix
« Tes Sarrasins porteront leur hommage. »
« Qu'il vienne donc, et vous, faibles chrétiens,
S'écrie Osmin, courbez déja la tête,
« Préparez-vous à de nouveaux liens :
« Il n'est qu'un Dieu, qu'une loi, qu'un prophète,
« Ce Dieu me voit, et sa vengeance est prête. »

La lice s'ouvre : aux sons bruyants du cor
Les deux guerriers entrent dans la carrière.
Le Sarrasin brillant de pourpre et d'or,
Avec orgueil lève sa tête altière.
Son adversaire enveloppé d'acier,
La lance en main, le front sous la visière,
Dans les combats porte un luxe guerrier,
Et la croix seule orne son bouclier.
Autour du champ se forme un cercle immense,
Le cor appelle, et le combat commence.

Au bruit des vents, au feu de mille éclairs,
Tels dans l'été, vous voyez deux nuages
Avec fureur se choquer dans les airs,

Percer les cieux, répandre les orages,
Et de leur lutte effrayer l'univers.
Tels embrasés d'une même furie,
Les deux rivaux s'élancent à-la-fois.
L'honneur et Dieu, la gloire et la patrie
A tous les deux imposent mêmes lois.
Chez tous les deux l'adresse ou la prudence
Soutient la force, ajoute à la vaillance:
L'airain gémit et se brise: la mort
Prête à frapper reste encore en balance:
La lance vole et répond à la lance,
Les coups aux coups et l'effort à l'effort.
Déja le glaive a rompu les armures,
Déja le sang a baigné les blessures,
L'heure qui vole a terminé son cours,
Et pleins de rage ils combattent toujours.
Enfin pourtant leurs boucliers qui tombent,
Leur sang qui fuit, leurs coursiers qui succombent,
Pour un moment les forcent au repos;
Et ces guerriers qu'arme une foi contraire,

L'un près de l'autre assis sur des drapeaux
Goûtent sans crainte un repos salutaire
En s'apprêtant à des combats nouveaux.
 Couvert de sang, de sueur, de poussière,
Le chevalier défenseur des chrétiens
Ouvre son heaume, et le jette en arrière.
De son haubert détachant les liens,
Le musulman lève aussi sa visière.
Dieu tout-puissant, quels décrets sont les tiens!
Heureux moments d'espoir, de confiance
Où ces guerriers unissant leurs destins,
Se préparaient pour les jours incertains,
Bosquets témoins de leur sainte alliance,
Nœuds fraternels, pieuses amitiés,
Était-ce là ce que vous promettiez?
Vers son ami le chevalier s'élance,
Saisit sa main, tremble et se sent presser
Contre ce cœur qu'il avait dû percer.
Le musulman dans un morne silence,
Sombre, farouche, et le cœur abattu:

« Tu vois, dit-il, à quoi sert la vertu,
« Quel cas en fait le ciel, et quelle estime
« Il fait de nous en nous poussant au crime. »
« Osmin, Osmin, dit Roger, contre toi
« Crains d'irriter ce Dieu qui nous protège ! »
« Moi, dit Osmin, et pourquoi le craindrais-je ?
« Que me veut-il, et que peut-il sur moi ?
« Jeune autrefois, j'ai brûlé pour la gloire,
« Et je l'ai vue insultant la valeur,
« Fille de Dieu, suivre un hasard trompeur.
« J'ai vu l'amour, j'ai tout fait pour y croire.
« J'aimais, Roger, et celle que j'aimais
« Trahit ma flamme et me fuit pour jamais.
« A d'autres soins élevé par mon père
« J'ai des vaincus soulagé la misère,
« Et des vaincus mon nom est détesté.
« L'avenir semble en son immensité
« M'appartenir, et la voix d'un prophète
« Du coup fatal a menacé ma tête.
« Au monde entier je n'avais plus que toi,

« Mon ami seul faisait mon espérance:
« Un combat s'ouvre où la mort nous devance,
« Et c'est Roger qu'on arme contre moi. »
« Ah ! dit Roger, si depuis ta naissance
« D'aucun bonheur tu n'as encor joui,
« Aucun regret ne te suit aujourd'hui,
« D'aucun remords tu ne sens la puissance:
« Ton cœur est pur : le glaive dans ta main
« De ton sauveur ne cherche point le sein.
« Moi, j'ai perdu mon repos, mon amie.
« Mon bras coupable est rougi dans ton sang,
« Je ne sais plus le destin d'Eugénie,
« Et cet objet d'un amour si constant,
« Mon Eugénie, hélas ! en cet instant
« Pleure peut-être et croit que je l'oublie. »
A ce discours, au seul nom d'Eugénie
Vous eussiez vu quelle vive rougeur
Du front d'Osmin colorait la pâleur:
« Un jour encor j'aimerai donc la vie ! »
Dit-il; Alfred au bord de la prairie,

Sombre et muet demeurait à l'écart,
Osmin y court et lui donne un poignard;
Alfred pâlit, Osmin parle, il s'écrie,
Jette à Roger un triste et long regard,
Prend un coursier, le presse, vole et part.
  Osmin alors : « Viens, dit-il, plus de trève,
« Place au combat, la victoire est au glaive,
« Je puis mourir ayant pu me venger. »
  En vain Roger moins farouche et plus tendre,
De son ami cherche à se faire entendre.
Osmin l'attaque et le presse; Roger
Quoiqu'à regret forcé de se défendre
Répond enfin, et le force à songer
Moins au succès qu'à son propre danger.
  Mais la mer gronde et son lointain murmure,
Semble annoncer un prodige soudain,
Bizarre effet des jeux de la nature,
Tel que nos arts l'imiteraient en vain.
  L'onde se tait; le vent meurt : de la glace
La mer a pris l'éclat et la surface,

Et se colore à la couleur des cieux.
Sur cette glace où s'attachent les yeux,
Voici paraître une foule d'arcades,
De murs, de tours, d'arceaux, de colonnades,
Un palais s'ouvre étincelant de feux,
Mille palais qui s'élèvent, qui naissent
Montent ensemble, ensemble disparaissent,
Et tour-à-tour brillent au yeux surpris
Des feux du jour des couleurs de l'iris,
Tandis qu'au fond de la plaine liquide
L'illusion, qui dans ces lieux préside,
Jette au hasard des chênes, des cyprès,
Des monts neigeux ou de sombres forêts.

A cet aspect, Osmin frémit. L'épée
S'appesantit et s'arrête en sa main,
Un froid mortel pénètre dans son sein,
La force manque à la valeur trompée.
Ses yeux éteints, ses regards pleins d'effroi
Vers l'horizon se détournent sans cesse;
Roger lui-même aperçoit sa faiblesse,

« Osmin, Osmin, lui dit-il, défends-toi,
« Songe à l'honneur, l'honneur t'en fait la loi. »
Hélas ! Osmin en perdant l'espérance
A tout perdu, tout jusqu'à sa vaillance :
Pâle, tremblant, accablé de son sort,
D'un Dieu vengeur il reconnaît l'empire,
Pense à Conrad et se livre à la mort:
L'illusion qui causait son délire
S'évanouit, et le guerrier expire.

Bientôt le champ où ces nobles rivaux
Avaient lutté d'honneur et de courage,
S'ouvre au trépas, s'abreuve de carnage,
Et sert de lice à des combats nouveaux.
Pleins de fureur, de vengeance, de haine,
Les Sarrasins s'élancent dans la plaine ;
Mais le Seigneur a compté leurs succès,
Leurs jours sont pleins, leur puissance est détruite,
L'effroi s'étend, la mort frappe, et la fuite
Les soustrait seule à l'effort des Français.

Au moment même où fier de la victoire

Le noble Aymard s'approchait de Roger,
Où d'un succès qu'ils pouvaient partager,
Les chevaliers lui rapportaient la gloire,
Auprès de lui s'élève un bruit léger;
Un groupe s'ouvre, on regarde, Eugénie
A son ami vient offrir à son tour
Un bien plus cher à son ame attendrie,
Tel qu'un amant l'attend de son amie,
Tel que l'amour doit l'offrir à l'amour.
Près du rivage où ces temples antiques
Du vieux Pæstum attestent la grandeur,
Dans une tour, sous des remparts gothiques,
La noble fille en proie à la douleur
Vivait tremblante et cachait son malheur.
Mais tout-à-coup dans ce séjour de plainte
Alfred parut un poignard à la main:
A ce signal des volontés d'Osmin,
De la prison s'ouvrit la double enceinte.
Et le guerrier à la fille d'Aymard:
« Venez, dit-il, sortons de ce rempart,

« Roger combat : Osmin qui vous délivre
« Combat Roger : le glaive et le hasard
« Vont décider qui doit mourir ou vivre,
« Venez, marchons, il est déja trop tard. »
Sombre, inquiet, mais à l'honneur fidèle
Le chevalier avait guidé ses pas,
Sans lui parler, vers le champ des combats;
Ils arrivaient, alors s'approchant d'elle :
« Écoutez-moi, dit-il, et plaignez-moi,
« Je vous aimai dès que je vous ai vue.
« Pendant long-temps dans mon ame éperdue
« L'amour cruel soumit tout à sa loi;
« Mais je reviens à ma vertu perdue.
« A votre ami conservez votre foi,
« Votre bonheur me console et me tue,
« Je vais mourir de vous avoir connue!
« Puisse ma mort vous donner du repos.
« Soyez heureuse ! » Il fuit, elle l'implore;
Il l'aimait trop pour l'écouter encore,
Et disparaît en répétant ces mots.

Ce même soir les pêcheurs du rivage
Virent les flots repousser vers la plage
D'un chevalier le corps inanimé,
Et sur sa tombe, objet de leur hommage,
On écrivit : Mort pour avoir aimé.

A son ami Roger donna des larmes:
La noble fille après tant de douleurs,
Sur son destin répandit quelques pleurs;
Et dans les lieux reconquis par ses armes,
Un temple saint consacra ses malheurs.

Bientôt s'apprête une fête sacrée:
D'un long danger Salerne délivrée
Porta ses vœux aux pieds du Dieu vengeur:
Le noble Aymard, à l'autel du Seigneur,
Des deux amants reçut la foi jurée,
Et tant de gloire amena du bonheur.

Filles du ciel! ô vous dont l'indulgence
A jusqu'ici guidé ma foible voix,

Vous dont le charme embellit mon enfance,
Fit les beaux jours de mon adolescence,
Et me soumit à de si douces lois,
Je viens à vous pour la dernière fois,
Suivre vos pas n'est plus en ma puissance.
Quand sous vos lois je me suis engagé,
L'amour, la gloire, adoucissaient ma vie,
J'étais aimé, je servais ma patrie,
J'espérais tout. Hélas ! tout est changé :
J'ai perdu tout en perdant mon amie,
Et sans amour il n'est plus de génie.
Muses, adieu ; mes beaux jours sont perdus,
En soupirant, je quitte votre empire,
Sur vos autels je vais briser ma lyre,
Muses, adieu ; je ne chanterai plus.

NOTES
DU QUATRIÈME CHANT.

Page 103, vers 1:

Avec fracas le mont éclate : un gouffre

Il y avait eu une éruption du Vésuve en 987 : il y en eut une autre en 1036. J'ai cru pouvoir en supposer une en 1016. On trouvera cette éruption bien prompte et bien courte. Il n'en est pas ainsi ordinairement : cependant il y en a eu quelques exemples, et notamment en mai 1779. *Voy. l'ouvrage du Père de la Torre.*

Page 116, vers 19:

L'onde se tait, le vent meurt; de la glace
La mer a pris.......

C'est ce qu'on appelle en Italie les châteaux de la fée Morgane. La mer de Reggio et le détroit sont ordinairement le théâtre des prodiges de ce genre. Swinburne dit qu'un religieux prétendait en avoir été témoin, et donne la description que ce religieux en a faite.

www.ingramcontent.com/pod-product-compliance
Ingram Content Group UK Ltd.
Pitfield, Milton Keynes, MK11 3LW, UK
UKHW020347230726
13925UKWH00003B/996

9 782014 466553